KB212806

PLAIN ARCHIVE

Ⓒinema Ⓐnd Ⓣheater

BOOKS

PART Ⓐ 오래전 극장에서

인천에서 ··· 006
춘천에서 ··· 018
광장, 피카디리 ··· 028
최초의 날 ··· 038
신 선생님께 ··· 048
24 hour party people ··· 060
서울을 부탁해 ··· 072
2001년의 극장(들) ··· 086

PART Ⓑ 오래된 극장에서

빛으로 만든 ··· 096
해안가의 극장들 ··· 110
갑부 혹은 도둑놈 ··· 126
알파, 브라보, 시네마! ··· 138
서 있는 사람들 ··· 150
군산 산책 ··· 158
2035년에도 만나 ··· 172

PART Ⓐ 오래전 극장에서

인천에서

내 기억 속 가장 오래된 극장과 영화를 찾아 거슬러 가면 약간 억울하게도 <바나나 대소동>이 나온다. 뭐 억울할 것까지 있겠냐마는 "제가 기억하는 첫 영화는 운명적이게도 <시네마 천국>이랍니다"는 아니더라도, 원숭이 떼가 사람들을 조롱하며 우스꽝스럽게 바나나를 까먹는 장면이 가장 먼저 떠오르는 건 아무래도 좀 억울하다. 엄마는 임신 중에도, 또 더 어릴 적에도 극장에 자주 데리고 다녔다고 했지만 어쨌든 내 기억 속 첫 번째 극장은 여섯 살에 <바나나 대소동>을 본 부평 대한극장이다. 혹시 <바나나 대소동>을 기억하는 사람 있나요? 사실 저도 잘 기억은 못 한답니다. 찾아본 포스터에는 "<인디아나 존스>와 <구니스>에 이은 최대 히트작"이란 카피와 "폭소는 기본, 감동은 추가, 눈물은 보너스"라는 홍보 문구가 적혀있다. 포스터를 봐도 영화의 내용은 전혀 생각나지 않는다. 내가 그 영화를 기억하는 건 극장을 꽉 채운 사람들과 미친 듯이 함께 웃었던 기억 때문이다. 그 웃음만은 분명 또렷하게 기억한다. 부평 대한극장에서

<바나나 대소동>을 본 여섯 살부터 스무 살까지 인천에 살았다. 10대 시절 대부분의 기억에는 인천의 극장들이 함께 있다.

초등학교 입학 무렵 엄마가 야심 차게 비디오 대여점을 개업했다. 덕분에 자연스럽게 영화와 아주 가까운 사이로 지낼 수 있었다. 엄마는 비디오테이프 매입에 각별하게 신경을 썼다. 개봉관에서 환불 소동이 있었다던 <아비정전>을 인근 가게들에선 대부분 받지 않았는데, 그렇다면 엄마는 <아비정전>을 두 장 사서 승부를 보는 식이었다. 그리고 나는 어느덧 그 옆에 <열혈남아>를 세워놓는 비디오 가게 아들로 자라고 있었다. 흥행에 실패한 비주류 영화들도 꾸준히 소개하면서 알음알음 소문이 퍼져 나가더니 비디오 가게는 금세 밤낮으로 문전성시를 이뤘다. 엄마의 비디오 가게는 회원등록을 할 때 꼭 본명이 아니더라도 자신이 원하는 이름을 사용할 수 있게 했다. 가발을 썼던 중년의 아저씨는 '김가발'이란 부캐를 생성했고, 반려동물의 이름을 사용하는 사람도 있었고, 또 '그랑죠'라

는 아저씨가 있었다. TV 만화 제목에서 이름을 따온 그랑죠 아저씨는 서커스 공연을 하는 사람이라고 했는데, 늦은 밤이면 다른 아저씨와 함께 와서 엄마와 수다를 떨다가 비디오를 빌려 가곤 했다.

비디오 가게에서 늘 영화와 가까이했지만 내게 가장 즐거운 순간은 학교에서 시험이 끝나고 극장으로 단체관람을 가는 날이었다. 수백 명의 까까머리 중학생들이 교복을 입고 시장통을 따라 삼삼오오 부평 시내까지 줄지어 걸어가던 모습은 지금도 가끔 떠오르는 풍경이다.

부평극장은 두 학년은 너끈히 채울 수 있는 크기의 단관 극장이었다. 좌석이 동나면 스크린 앞 바닥에, 또 어떤 아이들은 계단에 앉기도 했고, 물론 무슨 영화냐며 이미 시장통에서 샛길로 빠진 아이들도 적지 않았다. 단체관람이 아니더라도 부평극장은 주말이면 늘 만석이었다. 지정좌석제가 아니었기에 이전 회차가 끝나기도 전에 상영관 안에 고개를 들이밀고 호시탐탐 좋은 자리를 차지하기 위한 눈치싸움을 시작해야 했다. 그럴 때마다 스크린에서 최대한 눈을 피하고 귀를 막고자 애썼지만, 이곳에서는 그렇게 영화를 결말부터 보게 되기 일쑤였다. 부평극장은 동시상영관이 아니었음에도 가끔 회차별로 다른 영화를 교차 상영하곤 했다. <더 록>을 단체관람으로 보러 간 기말고사 날엔 <옥보단 2>가 교차 상영되고 있었다. 몇몇 아이들은 이미 <더 록>은 안중에도 없고 <옥보단 2> 상영 시작 전까지 극장 어디에 숨어있을 것인가를 두고 작전을 짜기 시작했다. 기어코 화장실에 숨어 있다가 <옥보단 2>를 본 아이들은 다음날 교무실로 불려 가야 했다. 학생주임 선생님은 '에이리언'이란 별명으로 불렸다. 내가 입학할 때부터 이미 에이리언이었기 때문에 아마도 <에이리언> 시리즈를 부평극장에서 단체관람으로 본 언젠가의 선배 때부터 전해져 오는 것이 아닐지 생각한다. <옥보단 2>의 멤버들은 구부정한 자세로 에이리언이 늘 쥐고 다니던 단단한 몽둥이에 흠씬 맞아야 했다.

단관의 부평극장과는 다르게 역전 근처

건물에 있는 대한극장은 비교적 작은 규모의 2개 관으로 운영됐다. 아니 운영 중이다. 1964년 처음 문을 연 부평 대한극장은 내가 <바나나 대소동>을 본 그때와 크게 변하지 않은 모습으로 남아있다. 최근 부평을 갔다가 설마 하는 마음으로 들러봤는데 1990년대의 모습 거의 그대로 영화를 상영하고 있었다. 계산예술극장은 개봉관이었던 부평극장과 대한극장에서 막을 내린 영화들을 두 편 연달아 상영해 주는 동시상영관이었다. 한 편 값에 영화를 두 편 보는 건 너무 좋았지만, 유독 이 극장에 담배를 피우는 아저씨들이 많아서 자주 가지는 않게 됐다.

동인천의 극장들은 고등학교에 올라가고 나서야 다니기 시작했다. 중학생 때까지만 해도 부평 애들이 동인천이나 주안에 넘어가면 '삥을 뜯긴다'는 소문이 돌았다. 그때 부평은 부천도 아니고 인천도 아닌 약간 어중간한 취급을 받았는데, 나도 지레 겁을 먹고 그 밖으로 벗어나지 않았던 거다. 세상 한 뼘 넓히는 일이 그때는 그렇게도 어려웠다. 동인천에서 가장 오래된 애관극장(1895년 조선인이 세운 최초의 극장 협률사가 전신으로, 국내에 현존하는 가장 오래된 극장이기도 하다)도 있었지만, 나는 주로 가볍고 트렌디한 인형극장의 영화들을 더 선호했다. 미림극장과 오성극장으로 가는 길은 조금 음침했다. 그 두 극장은 동인천역 뒤로 난 굴다리와 양키시장을 가로질러 가야 했다. 속으로 '절대 눈 마주치지 말고, 대답하지 말고'를 되뇌며 굴다리와 양키시장 삐끼 아저씨들을 통과해 극장까지 걸어가는 게 큰 미션이었다.

미림극장에선 <러브레터>를 봤다. 제2차 일본 대중문화 개방으로 한국에 처음 정식 개봉한 1999년 11월 20일이었다. 워낙 개봉 전부터 유명했던 작품이었고 일본 대중문화 개방의 분수령으로 뉴스에도 자주 등장했기 때문에 학교에서도 선생님이 따로 주의를 주기까지 했다. "그럴 일은 없겠지만… 너희들 일본영화를 보러 가는 일은 없겠지? 뭐 오늘 <러브레터>인가 뭔가가 개봉한다고 하는데. 아무튼 그런 일은 없도록! 일본영화라니! 참나!" 1957년 무성영화를 상영하는 천막 극장으로 처음 문을 연 미림극장은 2004년 폐관했다가 2013년 실버영화관 콘셉트로 다시 문을 열었다. 2024년 현재는 고전영화와 독립영화를 함께 상영하는 극장으로 운영 중이다.

오성극장은 미림극장 창업주의 사위 오 씨가 1971년 양키시장 지붕 위에 자신의 성을 따서 개관한 극장이다. 당시 양철 지붕이 덮고 있던 양키시장의 상인들은 비만 오면 물이 새는 통에 고생이 이만저만이 아니었다고 한다. 이때 장인이 운영하는 미림극장에서 실무를 익힌 사위 오 씨가 시장 상인들에게 양키시장 지붕 위의 공중권을 자신에게 팔라고 제안한 것이다. 그럼 오 씨 자신이 시장의 튼튼한 지붕이 되겠다고. 그렇게 양키시장 양철 지붕 위에 세워진 것이 오성극장이다. 1996년 신세대극장-시네팝(이름 옆에 '구: 오성극장'을 꼭 붙였다)으로 변신했다가, 2000년대 초 애관극장2로 잠시 운영 후 폐관했다.

오성극장에서 본 영화 중 가장 기억에 남는 것은 <해피 투게더>다. 그때는 <중경삼림>과

<동사서독>, <타락천사>까지 사이좋게 비치됐던 엄마의 비디오 가게가 다른 사람에게 넘겨진 뒤였지만, 이미 왕가위의 큰 팬이 되어있었던 나는 <해피 투게더> 개봉 소식에 방과 후 사복으로 갈아입고 양키시장의 삐끼들을 지나서 오성극장으로 향했다. 영화가 시작됐다. 이구아수 폭포가 커다란 스크린 위로 쏟아져 내렸다. 순간 그대로 얼어버릴 것 같았다. 초등학교 때 소풍으로 갔던 63빌딩의 아이맥스 영화관에 온 것 같은 기분이었다. 뭔지 알 수 없는 감정들이 뒤죽박죽된 채 영화가 끝났다. 나는 극장 문을 나서는 대신 로비에서 다음 상영이 시작되길 기다렸다. 인천의 극장들은 편의상 회차를 구분해 표를 팔긴 했지만, 한 편의 영화만 상영 중이라면 눈치껏 계속 극장 안에 있을 수 있었다. 그렇게 다시 폭포가 쏟아지고, 사랑인지 미움인지 알 수 없는 감정들이 폭발하고, 나는 그날 회전문처럼 세 번이나 스크린 위로 쏟아지는 이구아수 폭포를 보러 들어갔다. 신세대극장-시네팝(구:오성극장)은 홍콩, 아니 차라리 이구아수 폭포 앞에 있는 극장

이라고 해도 믿을 수 있을 정도로 어딘가 축축하고 이국적인 분위기가 있었다. 양키시장의 좁은 계단을 타고 올라가면 기둥이 많은 로비가 등장하고, 거기엔 더 이상 작동하지 않는 작은 분수대가 있었다.

<해피 투게더>를 보고 나와서 작동하지 않는 분수대를 바라보는데 문득 그랑죠 아저씨가 생각났다. 엄마는 언젠가 내게 조심스레 그랑죠 아저씨 얘기를 해준 적이 있다. 비디오를 빌리러 함께 오는 아저씨는 그랑죠 아저씨와 사랑하는 사이이고, 그건 이상한 일도 나쁜 일도 아니라고 했다. 사람이 다른 사람을 사랑하는 건 그냥 자연스러운 일이라고. 사랑은 누군가 옳고 그르다를 판단할 수 있는 게 아니라 온전히 그 둘의 몫인 거라고. 그리고 엄마에게 그 이야기를 들은 얼마 뒤 그랑죠 아저씨가 서커스 공연을 하다가 무대에 떨어져서 죽었다는 소식을 들었다. 나쁜 일이었다. <해피 투게더>는 1998년 여름 첫 개봉 이후 무삭제판이나 디지털 리마스터링 등의 이름으로 종종 재개봉을 했는데, 나는 그

때마다 늘 어딘가의 극장엘 갔고, 영화가 끝나면 그랑죠 아저씨 생각을 했다. 그랑죠 아저씨의 시커스 무대를 상상해 보기도 하고, 그 무대엔 카에타노 벨로소나 피아졸라의 음악 중 무엇이 더 어울릴지 입혀보기도 하고, 그랑죠 아저씨는 장국영을 좋아했을까 궁금해하기도 했다. 물론 양키시장 지붕 위로 떨어지는 빗물들을 모아 세워진 극장의 안부에 대해서도, 나는 한 번도 보지 못한 작은 분수대의 물줄기에 대해서도 늘 궁금해하곤 했다.

Ⓒinema Ⓐnd Ⓣheater

Ⓒ 〈바나나 대소동 Going Bananas〉 (1988년 7월 30일 개봉)
Ⓒ 〈해피 투게더 Happy Together〉 (1998년 8월 22일 개봉)

Ⓣ 부평극장
1943년 개관(부평영화극장) ~ 1956년 개명(부평극장) ~ 2002년 폐관
Ⓣ 부평 대한극장
1964년 개관 ~ 상영 중
주소. 인천광역시 부평구 경원대로 1382 대한빌딩 3층
Ⓣ 오성극장
1971년 개관(오성극장) ~ 1996년 개명(시네팝) ~
2001년 개명(애관극장2) ~ 2003년 폐관

춘천에서

이른 아침 엄마의 전화에 잠이 깼다. "엄마가 죽었다."고 엄마가 말했다. 요양병원에 입원하신 후로 한 번도 찾아가지 못했으니 춘천 할머니의 얼굴을 뵌 지도 족히 5년은 된 것 같았다. KTX로 용산역까지 가서 춘천행 ITX로 갈아탔다. 용산역에선 유니클로에 잠깐 들러 까만색 바지를 사서 갈아입었다. 장례식장엔 아직 가족들만 삼삼오오 모여있었다. "할머니께 먼저 인사드려." 할머니를 못 본 시간만큼 모두 오랜만에 마주한 얼굴들이었다. 여전히 어떤 시간에 멈춰 있는, 그러나 한없이 익숙한 얼굴들. 마냥 학생일 줄로만 알았던 사촌 동생들은 어느덧 대부분 결혼을 했거나, 결혼을 앞두고 있었다.

어린 시절 으레 방학이나 명절이 되면 청량리역에서 통일호를 타고 춘천에 갔다. 남춘천역 앞에 터를 잡고 정미소와 양장점을 운영하며 7남매를 키워 낸 할머니의 집은 좁고 기다란 골목 끝에 위치해 있었다. 7남매를 길러 낸 ㅁ자의 커다란 집안은 온통 애들의 놀이터가 되곤 했다. 할머니와 함께 살던 큰집 사촌 형, 누나에, 서울 이모네와 춘천 식구들까지 합세하면 애들만 열 명을 훌쩍 넘길 때도 있었다. 아이들은 각자 집안 사정에 따라 할머니 집에 잠시 머물거나, 아예 살거나, 이따금 떠나기도 하며 지냈다. 그 중 집안 가장 구석에 있던 큰방은 사촌들과 나의 놀이터이자 극장이었다. 방 안쪽에 작은 텔레비전이 하나 있었는데, 우리들은 밤이면 더빙 외화 방송을 보곤 했다. <캣피플>을 볼 때는 소름 끼치는 무서움에 소리를 꺅 꺅 질러댔다. 왁자지껄한 파티 같던 <비틀쥬스>의 밤도 잊을 수 없다. 고요하고 캄캄한 밤에 해리 벨라폰테의 'Day-o'가 방 안에 울려 퍼지고, 화면 속 배우들은 식탁 앞에서 자신의 의지와는 상관없이 괴상한 춤을 추기 시작한다. 잠옷 바람의 우리들도 우스꽝스러운 춤을 추었던가. 화물 열차가 도시를 통과해 도착하는 소리가 그 밤의 기억을 더욱 선명하게 했다.

큰집이 분가하고부터는 명절엔 온의동 아파트로 갔다. 기름진 음식과 서로의 안녕을 비는 명절의 자리가 끝나는 점심 이후로는 세대별로 쪼개져 시간을 보냈다. 빙상 선수였던 사촌 누나를 따라 스케이트장에 가거나, 공지천에 오리배를 타러 가기도 했지만, 우리의 단골 코스는 수확한 용돈을 손에 쥐고 시내로 영화 구경을 가는 것이었다.

육림극장은 1967년 춘천과 화천을 잇는 마가리고개에 문을 열었다. 1,000여 석에 육박하는 대형 극장이었다. 영화 개봉은 물론이고 다양한 공연과 정치 행사들을 유치하며 단숨에 강원도 제일가는 극장으로 명성을 날린 육림극장 옆 고갯길로 상인들이 터를 잡고 장사를 시작했다. 마가리고개는 자연스레 육림고개로 바뀌어 불렸다. 그 고개를 넘어 중앙시장 쪽으로 내려가면 문화극장이 있었다. 문화극장은 후에 브로드웨이극장으로 이름을 바꿨는데, 우린 주로 여기서 영화를 많이 봤다. 브로드웨이에서 <라이온 킹>(1994)을 본 날은 나와 사촌들 모두 눈이 퉁퉁 부어서 그 모습이 정말 장관이었다. <브레이브하트>를 보던 날의 소동도 생생하다. 영화의 클라이맥스에서 무슨 문제였는지 상영이 갑자기 중단됐는데,

몇몇 관객들이 로비로 몰려가 쓰레기통과 의자를 집어 던져 매표소를 부수는 난동을 부렸다. 우리는 겁에 질린 채 저 사람들은 영화의 뒷이야기가 너무 궁금해서 저렇게 화가 난 것인지, 아니면 돈을 물어내라고 화를 내는 것인지 의아해했다.
육림과 브로드웨이 말고도 피카디리극장이 있었다. 피카디리에서 조금만 걷다 보면 2개의 작은 상영관을 가진 아카데미극장도 있었는데, 소문에는 피카디리 사장이 새로 문을 연 곳이라고 했다. 1956년 소양극장으로 문을 연 피카디리극장은 사라져가는 공간에 대한 애틋함을 대화와 기억으로 풀어낸 문진영의 단편소설 「두 개의 방」에 주인공의 10대 시절과 함께 등장하기도 한다. 문진영은 소설에서 "거기엔 늘 실제 배우들과 절묘하게 닮지 않게 그려진 간판 그림이 걸려 있었다."[1] 고 했는데, 우리도 늘 피카디리의 간판을 보면서 품평을 늘어놓던 기억이 난다. 육림극장은 1993년 단관 상영관을 2개로 나누는 변

[1] 「두 개의 방」(2021 김승옥문학상 수상작품집 中) 문진영 글, 문학동네

화를 꾀했지만, 외관의 변형은 거의 없었기 때문에 오래된 극장의 '그림'이 필요한 TV 드라마나 영화에도 종종 나오는 곳이었다. 1996년 방송되어 65.8%라는 전무후무한 시청률을 기록했던 KBS 주말드라마 <첫사랑>은 특히 유명하다. 드라마는 극장 주인집 외동딸 효경(이승연)과 극장 간판 화가의 장남 찬혁(최수종)의 사랑 이야기였는데, 바로 여기 등장한 그 운명의 장난 같은 극장이 다름 아닌 육림극장이었다. 실제로 드라마 초반 배경인 춘천 장면들에선 1970~80년대로 재현된 육림극장의 모습을 확인할 수 있다. 육림은 극장 외에도 육림연탄, 육림탄좌 등 다양한 사업체를 운영했는데, 1975년엔 춘천 최초의 놀이공원 육림랜드를 오픈하기도 했다. 일찍이 육림극장이 문을 닫고, 레고랜드가 춘천 중도에 들어선 지금도 육림랜드는 놀랍게도 운영을 계속하고 있다. 오래된 놀이공원의 정취가 궁금한 이라면 한 번쯤 가볼 만한 곳이다.

육림극장에서 사촌들과 마지막으로 본 영화는 <반칙왕>이다. 명절이었는데도 극장엔 예전만큼 사람이 많지 않았다. 낡은 의자와 커튼에서 풍겨오는 오묘한 냄새까지 더해져 더 애잔하게 느껴졌다. 스크린 위에서 송강호가 복면을 쓴 채 달음박질치고 백현진은 구슬프게 노래를 이어갔다. "그대 왜 나를 그냥 떠나가게 했나요. 이렇게 다시 후회할 줄 알았다면."[2] 한참 후에 <반칙왕>을 촬영한 조치원의 복싱장 앞을 지난 적이 있는데, 6.25 전쟁 중 미군들의 보급품 창고로 지어진 위태위태해 보이는 복싱장 앞에서 육림극장 생각을 했다. '미소를 띄우며 나를 보낸 그 모습처럼' 육림극장과 피카디리, 브로드웨이, 아카데미는 어느새 모두 문을 닫았다. 쇼핑몰 건물이 된 브로드웨이를 제외하고 육림과 피카디리, 아카데미는 건물과 간판까지 아직 그대로 남아있긴 하다. 그래서 나도 춘천에 갈 때면 일부러 괜히 빙 둘러 그 극장들 앞을 지나곤 한다. 아카데미는 어쩐지 을씨년스러운 모습으로 남겨졌지만, 피카디리는 여전히 단정한 모습

2 **'미소를 띄우며 나를 보낸 그 모습처럼'(이은하 작사, 장덕 작곡)**

으로 우뚝 서 있다. 육림극장은 이따금 등산복이나 속옷 땡처리 아울렛으로 운영되는 모습을 보기도 했다. 영화의 도시를 표방하며 그 극장들의 건물을 활용해 문화 사업을 추진한다는 이야기도 있었지만 그마저도 어느새 흐지부지된 것 같다. 그럼에도 변함없이 춘천 사람들에게 그 극장들은 장소로서의 의미를 가진다. "육림 앞에서 만나자"거나, "피카디리 근처"라고 말해도 대화가 자연스럽게 이어지는 것이다. 물론 그곳에 영화는 사라진 지 오래지만…….

육림극장이 아무런 예고 없이 갑작스레 문을 닫았던 2006년 11월 1일, 극장 앞엔 작은 플래카드가 하나 붙었다.

> "춘천시민 여러분 그동안 성원해 주셔서
> 감사합니다. 경영난으로 부득이 영화 상영을
> 중단합니다. 내내 건강하시고 행복하십시요.
> -육림극장-"[3]

[3] 작가의 의도에 따라 실제 플래카드에 쓰인 인사말을 그대로 옮겼습니다. (편집자 주)

Ⓒinema Ⓐnd Ⓣheater

Ⓒ 〈반칙왕〉(2000년 2월 4일 개봉)

Ⓣ 육림극장

1967년 개관~2006년 11월 1일 폐관

Ⓣ 춘천 피카디리극장

1956년 개관(소양극장)~1989년 개명(피카디리)~2007년 폐관

광장, 피카디리

종로3가에 데뷔한 건 1995년이다. 바람이 나서 집을 떠난 아빠가 새해를 맞아 시켜준 서울 구경이었다. 인천에서 르망을 타고 종로로 달려간 아빠와 나는, 비디오 가게로 먹고 산 가족답게 영화를 봤다. 피카디리극장에 처음 발을 디딘 순간은 온몸에 소름이 끼칠 정도로 짜릿했다. 반들반들한 대리석 바닥에 1,000석이 훌쩍 넘는 3층짜리 커다란 대극장은 난생 처음이었다. 세상에서 제일 크다고 생각했던 부평극장보다 두배는 커 보였다. 그날 피카디리에선 <스타게이트>가 상영 중이었다. 극장 자체가 크니 사운드도 울림이 엄청나고, 그 사운드에 의자까지 흔들리는 것 같고, 영화가 끝났을 땐 마치 놀이기구를 타고 내린 기분이었다. 내가 영화를 보고 너무나도 좋아했던지 아빠는 연이어 피카디리 옆 건물에 있는 피카소극장에서 <포레스트 검프> 표까지 끊고, 잠시 뜨는 시간엔 맥도날드에 치즈버거와 밀크셰이크를 먹으러 갔다. 감자튀김을 쏟아부으며 아빠는 쭈뼛쭈뼛 여기 종로에서 엄마와 데이트를 자주 했다며 골목 여기저기 오래된 추억에 대해 얘기하기 시작했다. (그럼 뭐해 아빠? 지금은 바람나서 엄마와 나를 떠났잖아?) 나중에 시간이 흘러 <하나 그리고 둘>을 볼 때 맥도날드 장면을 보면서 바람난 아빠와 르망, 피카디리극장과 치즈버거를 생각할 수밖에 없었다. <포레스트 검프>를 본 피카소극장은 화가 피카소에서 이름을 따온 것인지 알려진 바는 없지만, 말 그대로 피카디리 옆 건물에 있던 작은 소극장이었다. 피카디리에서 개봉했던 <포레스트 검프>는 피카소로 자리를 옮겨 장기상영 중이었고, 나는 영화가 시작하기 전에 "아빠 여긴 꼭 부평 대한극장 같다"고 말했다. 우리가 함께 <바나나 대소동>을 보고, 또 아빠가 좋아했던 홍콩영화들을 자주 봤던 곳 말이야. 스크린 위에서 포레스트 검프는 뛰고 뛰고 또 뛰었다. 아빠는 두 번 다시 돌아오지 않았다.

피카디리극장은 1959년 반도극장으로 문을 열어 서울키네마를 거쳐 1962년 피카디리 간판을 달았다. 피카디리와 마주 보고 있던 단성사,

대로 건너편의 서울극장까지 가세해 1980~1990년대에는 종로3가 트라이앵글 극장가의 전성기를 누렸다. 극장 앞 광장에 영화인들의 핸드페인팅으로 스타의 광장을 조성한 건 1986년, 옆 건물에 피카소극장을 개관한 건 1989년이었다. 1985년 <람보2>가 개봉할 때에는 인파가 너무 몰려 특회 상영으로 오픈한 오전 7시 상영에까지 수백명의 사람들이 티켓을 사기 위해 줄을 섰다고 한다. 그래서 그때 피카디리에 도입된 게 '3일 전 예매제도'인데, 이는 우리나라 극장 최초의 예매 시스템으로 알려져 있다.

나는 <스타게이트> 이후로 늘 피카디리 생각을 했다. 언젠가 다시 그곳에 가서 3층짜리 높은 계단에 올라가 영화를 보는 꿈을 꿨다. 그러다 중학교 3학년에 올라간 가을에 영화 <접속>이 개봉했다. 그날은 프랑스월드컵 최종 예선 한일전이 있었는데, 후반 종료 직전 2골을 몰아넣으며 역전승을 거둔, 지금까지도 '도쿄대첩'으로 회자되는 엄청난 경기였다. 역전 골이 어찌나 짜릿했던지 집에서 함께 경기를 본 원섭이와 부둥

켜안고 소리를 고래고래 지르다가, 기분도 낼 겸 부평 대한극장에 가서 <접속>을 봤다. 영화가 끝나고 우리는 또다시 흥분하기 시작했다. 심야 라디오와 밤의 드라이브, PC통신과 폴라로이드 카메라 같은 걸 다룰 줄 알고, 세련되면서도 어딘가 사연 많아 보이는 어른이 되고 싶다는 기분이었을까. 이제껏 한국영화를 볼 때 느꼈던 것과는 전혀 다른 감흥을 안겨준 영화였다. "원섭아, 근데 나 저기 가본 적 있어. 종로에 있는 피카디리 극장." 우리는 당장 피카디리극장에 가보자고, 전도연이 간 카페에 가서 치즈케이크도 먹어보자고 얘기하다가, 바로 다음 주말에 실행에 옮겼다. 부평에서 지하철 1호선을 타고 종로3가에 내려서 피카디리극장 앞에 도착했다. 그리고 극장 입구와 광장 앞에서 아이디 '여인2'와 아이디 '해피엔드'의 흉내를 내면서 놀았다. 비가 오진 않았지만 괜히 가방을 머리 위로 들고 광장을 가로지른다거나, 또 누군갈 하염없이 기다리는 시늉을 하기도 했다. 피카디리 광장 앞에 있던, 영화의 대미를 장식하는 카페 CCI Coffee Cake Ice cream에도 올라가 공중전화기를 붙잡고 "오늘 아침에 지도를 봤어요…"로 시작하는 전도연의 대사를 모조리 기억해 따라 하기도 했다. 내심 카페 안에 벨벳 언더그라운드의 음악이 나오면 좋겠다고 기대했지만 그러진 않았다.

피카디리극장은 멀티플렉스 시대에 맞춰 발 빠르게 움직였던 서울극장보다 비교적 늦은 2001년 기존의 단관 건물을 철거하고 복합상영관 신축 공사에 들어갔다. 2004년 8개관의 상영관으로 다시 문을 열었지만, 그사이 시장은 급속도로 변해있었다. 종로3가 트라이앵글의 시대가 끝나가고 있었다. 계속된 적자 운영 끝에 2007년 프리머스 피카디리, 2010년엔 롯데시네마 피카디리로 위탁 운영되다가, 2015년부터는 CGV 피카디리1958로 현재까지 운영 중이다. 피카디리의 전신인 반도극장이 문을 연 건 1959년이지만, 극장의 설치 허가를 받은 1958년을 시작점으로 극장명에 사용하고 있다. 피카디리극장은 사라졌지만 어쨌거나 그 이름만은 유지되고 있는 셈이다. 피카디리극장 하면 역시나 광장으로 기억된다. 3층짜리 거대한 극장에서 영화를 보고 쏟아져 나오는 사람들로 가득한 광장은 그야말로 진풍경이었다. 영화가 끝난 후 자연스레 쇼핑몰이나 푸드코트로 이어지는 지금의 멀티플렉스 퇴출로에선 느낄 수 없는 어떤 해방감이 있었다.

<접속>은 멜로 드라마의 새로운 톤을 제시한 영화로 현재까지 유효하지만, 또한 지금은 사라진 피카디리극장의 이모저모를 확인할 수 있는 귀한 자료이기도 하다. 피카디리 광장에 있던 영화인들의 핸드페인팅을 훑으며 시작하는 영화는 광장의 전경은 물론 당시 상영관 안의 모습(좌석 시트엔 고려은단 광고가 붙어있고, 둘이 서로를 모르는 상태로 함께 본 영화는 <라스베가스를 떠나며>이다)과 <에브리원 세즈 아이 러브 유>의 그림 간판, 당시 영화 티켓과 매표소의 형태가 담겨있다. 또 수현이 바람을 맞던 날 장면에서는 길 건너편 단성사의 외관까지 확인할 수 있다. (그때 단성사에선 클린트 이스트우드의 <앱솔루트 파워>가 상영 중이다.)

스크린 데뷔작인 <접속> 이후 전도연이 출연한 장편영화를 모두 극장에서 봤다. 딱히 그걸 의식하지 않았었는데 그 사실을 깨닫게 된 <협녀, 칼의 기억>부터는 더 신경 써서 놓치지 않고 있다. 오랜 시간 전도연이 수많은 영화에서 보여준 놀라운 연기 가운데, 지금도 가장 애가 닳고 설레는 대사를 꼽자면 단연코 <접속>의 이 대사다. "극장 앞에서 기다릴게요."

Ⓒinema Ⓐnd Ⓣheater

Ⓒ 〈스타게이트 Stargate〉(1994년 12월 17일 개봉)
Ⓒ 〈포레스트 검프 Forrest Gump〉(1994년 10월 15일 개봉)
Ⓒ 〈접속〉(1997년 9월 13일 개봉)

Ⓣ 피카디리극장
1959년 개관(반도극장)-1960년 개명(서울키네마)-1962년 개명(피카디리극장)-2007년 개명(프리머스 피카디리)-2010년 개명(롯데시네마 피카디리)-2015년 개명(CGV 피카디리1958)~상영 중
서울특별시 종로구 돈화문로5가길 1 피카디리플러스 지하 2층

최초의 날

인천에서 유일했던 남녀공학 고등학교로 진학한 1998년의 봄이었다. 서로의 외모와 취향을 곁눈질하며 새로운 친구 사귀기에 1학년 복도는 종일 분주했다. 내가 가장 먼저 친해진 건 입학식 날 입고 온 더플코트가 단박에 시선을 끌었던 J와 <에반게리온> 레이를 닮은 외모로 2~3학년들까지 우르르 교실 창가로 몰려오게 한 S였다. J는 '오아시스'와 '블러' 같은 영국 밴드 이야기로 운을 뗐고, 나는 영화 이야기로 둘의 환심을 사려 했다. S는 주로 J와 나의 이야기를 듣는 쪽이었다. "서울에 엄청나게 큰 극장이 새로 생긴대. 무려 11개짜리 극장이라는 거야. 이름이 CGV라는데 제일제당의 C, 왜 홍콩영화 보면 골든하베스트 알지? 영화 시작할 때 둥둥둥둥 북소리 나면서 색깔 바뀌는 그 골든하베스트의 G, 그리고 V가 뭐더라…. 아무튼 이건 정말 역사적 사건 아님?" 지난주 『씨네21』에 실린 광고를 보고 신나게 떠들어댄 날이었다. 둘 다 호기심 어린 눈으로 경청했지만, 제일제당과 골든하베스트, 그리고 호주의 극장 체인 빌리지 로드쇼가

합작한 CGV 강변이 처음 문을 연 1998년 4월 4일 역사를 쓰러 간 건 나와 S 둘뿐이었다. 지금은 지하철도 연결됐고 고층 아파트가 빼곡하지만, 그때만 해도 허허벌판 시골이었던 인천 검단에서 서울의 동쪽 끝 강변역까지 여행이 시작된 것이다.

토요일 4교시 수업을 마치자마자 후문에 있던 짱분식에서 돈가스를 먹었던가, 실로암에서 냉면을 먹었던가. 배를 든든하게 채우고 검단을 출발해 김포공항을 거쳐 영등포로 향하는 60번 좌석버스에 올라탔다. 버스 안에선 S와 이어폰을 한 쪽씩 나눠 끼고 J가 "내 대신이야"라며 빌려준 오아시스 카세트테이프를 함께 들었다. 당산역에서 버스를 내려 지하철 2호선으로 갈아타고 다시 강변역까지 이동하는 긴 여정이었다. 2시간이 넘게 걸려 도착한 곳은 이름부터 세기말이요 밀레니엄인 테크노마트. 잘빠진 PCS 폰과 CD 플레이어, 탐나는 전자제품들로 가득한 건물 안에서 한국 최초 멀티플렉스 극장의 문이 열리는 순간이었다. 오후 늦게 도착한 극장은 그야말로 인산인해였다. 우리처럼 한국 최초의 멀티플렉스를 제 눈으로 직접 확인하고자 한 사람들로 북적였다. 로비의 영화 포스터들은 은은한 조명을 받아 더 근사해 보였다. 극장 안의 모든 것들이 커다란 금색 엠블럼과 붉은 카펫 위에서 반짝반짝 빛나는 것 같았다. "꼭 놀이동산이나 카지노에 온 것 같아." "맞다 맞다. 꼭 <모래시계>에 나온 카지노 같아. 직원들 유니폼까지 어쩜. 저기서 고현정 걸어 나오는 거 아니니?"

나와 S는 일찌감치 ARS 전화로 시간표를 체크하고 찍어둔 영화가 있었다. 김하늘과 유지태, 그리고 하랑이 나오는 <바이 준>이었다. 중학교 때부터 푹 빠져있던 브랜드 292513=STORM의 모델들이 잔뜩 출연한 그 영화는 포스터도 꼭 스톰의 화보 같았다. "Good Bye 열아홉, Hi 스물하나. 친구의 애인에게 필이 꽂힌 날, 사랑이 엉켜버렸다"는 홍보 카피는 열일곱 우리에게 필을 냅다 꽂아버렸다. 교복을 입은 채로 매표소에 다가가 <바이 준> 2장을 청했는데, 매표원은 개장

일 그 정신없는 와중에도 어이가 없다는 표정을 지었다. "미성년자 관람 불가예요. 다음 분!" 영화의 등급을 알고는 있었지만 인천에선 미성년자 관람 불가 영화표를 사는 데 큰 무리가 없었기에 그대로 교복을 입고 갔던 것이었다. "인천은 되는데…." 허망한 혼잣말을 뱉으며 뒤돌아선 나는 교복 재킷과 넥타이를 푼 다음 S를 잠시 멀찌감치 가 있게 했다. "이건 레이가 해결할 수 있는 문제가 아니야. 아무렴. 나 사실 중학교 2학년 때부터 고삐리 같단 얘기 자주 들었거든? 분명 지금은 더 성숙해지지 않았을까?" "아무렴." 교복 셔츠를 바지 밖으로 뺀 뒤 마치 세미 캐주얼을 입고(누가 봐도 교복 와이샤쓰) 극장 구경을 온(참 멀리도) 대학 새내기의 마음가짐으로(대학을 물어보면 어쩌지? 인천교대가 좋겠지?) 다른 매표소 칸을 공략했다. 하지만 역시 다른 칸의 매표원도 어이없는 표정과 함께 신분증을 요구했다. 내가 처음 경험한 서울의 '얄짤없음'이었다.

거의 울 것 같은 얼굴로 "굿바이 바이준…" 탄식하는데, 그래도 여기까지 왔으니 뭐라도 보자며 S가 시간표와 등급을 꼼꼼히 체크해 선택한 영화가 <이보다 더 좋을 순 없다>였다. 아카데미시상식에서 연기상을 휩쓴 작품이라고 얼마 전 <9시 뉴스>에서 본 기억이 났다. 붉은 카펫을 따라 영화를 보러 들어갔다. 상영관 안은 사람들로 가득했다. 좌석을 모두 합치면 100석이나 될까 싶은 작고 낮은 상영관에 앉아 있는 것이 여간 어색한 일이 아니었다. 층고가 낮은 게 가장 낯설게 느껴졌다. 인천의 단관극장들은 대부분 원하는 좌석을 입장 순으로 선택하는 자유석 시스템이었는데, 티켓에 적힌 번호의 좌석에만 앉아야 하는 것이 그때는 어쩐지 답답하게 느껴졌다. 화면과 사운드는 왠지 더 세련되고 확실히 새것 같았지만 공간이 주는 생경함 때문인지 영화에 잘 집중하지는 못했던 것 같다. 이내 졸음이 쏟아졌다. 이미 인천 검단에서부터 들뜬 채 엄청나게 에너지를 발산하며 먼 길을 온 터였다. 깜빡 잠들었는지 감았던 눈을 뜨니, 극장의 나지막한 천장 위로 영화의 그림자들이 문득문득 스치고 있었다. 영화가 참 가깝다고 생각했다. 항상 거대하다고, 멀리 있다고 생각했던 영화였는데, 손을 조금만 뻗으면 만져질 것 같았다. 그런 생각을 하다가 또 깜빡 잠이 들었다. 꿈에서 하늘 누나와 지태 형이 담배를 빡빡 피우면서 "굿바이 열아홉, 하이 스물하나" 미소를 지었던가. S는 영화가 아주 재밌었다며, 특히 헬렌 헌트의 연기가 정말 훌륭했다고 인천으로 돌아가는 전철 안에서 극찬을 이어갔다.

그렇게 시끌벅적 문을 연 CGV 강변은 1998년 한 해 동안만 약 200만 명의 관객을 동원했다고 한다. 주말엔 영화표를 사기 위해서 두 시간 넘게 줄을 서야 한다는 <9시 뉴스>의 리포트를 보며 얄짤없던 매표원의 얼굴을 떠올려 보기도 했다. 다음 해인 1999년 12월엔 강변을 잇는 CGV의 2호점이 인천 구월동에 문을 열었다. 오픈을 기념해 며칠간 무료 상영회를 열었는데, 거의 매일 출석해 영화를 보았다. 그리고 세기말 테크노마트의 성원에 화답하듯, 바야흐로 밝아온 밀레니엄 새천년 5월엔 메가박스의 첫 극장 코엑스점이 문을 열었다. 나는 어느덧 고3이 되어 있었다. 이날도 야자를 째고 코엑스에 갔는데, 차마 다른 친구를 꾀어낼 수 없어 혼자 이곳을 찾아갔었다. 아직 코엑스몰엔 대부분의 상가가 입점하기 전이었음에도, 이날은 삼성역에서부터 극장을 찾기 위해 미로 같은 코엑스몰을 정처 없이 헤맨 기억만이 생생하다. 마침내 메가박스를 찾았을 땐 너무 지친 나머지 영화는 보지 않고 극장 구경만 하다가 인천으로 돌아왔다. 그리고 그 뒤로는 모두가 잘 아는 것처럼 멀티플렉스의 세상이 되었다. 답답한 ARS 전화 예매는 어느덧 PC에 접속해 좌석을 직접 선택하는 시스템으로 바뀌었고, 이제는 내 스마트폰 화면이 티켓이 되었다. 우리나라 최초의, 가장 오래된 멀티플렉스인 CGV 강변은 26년의 세월이 지난 지금까지 11개 관 1,466석의 규모로 건재하다. 20년이 넘는 시간 동안 몇 번의 개보수가 있었는데, 특히 20년째를 맞던 2018년엔 계약 종료와 함께 메가박스가 CGV 강변을 인수한다는 소식이 전해지기도 했었다. 그러나 1호점의 상징성에 큰 가치를 둔 CGV가 다시 계약을 연장했고, 대대적인 리모델링 후 최초의 멀티플렉스 CGV 강변의 역사를 이어가고 있다.

개관 이후부터 지금까지 CGV 강변에서 변함없이 가장 좋아하는 공간은 9층 하늘공원이다. 영화를 보기 전이나 보고 난 후면 어김없이 탁 트인 전망의 하늘공원으로 나온다. 거기 서서 올림픽대교와 한강을 가만히 들여다보고 있자면 S와 60번 좌석버스, 회색 교복과 얄짤 없던 서울, 오아시스의 노래 같은 것들이 흥얼흥얼 떠올려지곤 하는 것이다.

Ⓒinema Ⓐnd Ⓣheater

Ⓒ 〈바이 준〉(1998년 3월 21일 개봉)
Ⓒ 〈이보다 더 좋을 순 없다 As Good As It Gets〉(1998년 3월 14일 개봉)

Ⓣ CGV 강변
1998년 4월 4일 개관~상영 중
서울특별시 광진구 광나루로56길 85 테크노마트 10층

신 선생님께

선생님 안녕하세요. 저 신형이에요.

지금도 국어 선생님을 하고 계시는지요, 아니면 또 다른 모습으로 지내고 계실런지요.

선생님은 혹시 기억하세요? 제가 중학교 2학년 여름방학 숙제였던 일기를 온통 영화 감상문으로만 적어서 갔던 날이요. 저는 그때 엄마의 비디오 가게에서 골라 온 비디오를 종일 돌려보는 게 대부분의 일과였거든요. 모닝글로리 공책 두 권에 빼곡하게 적어 간 그 일기는 영화 한 편에 대한 이야기가 스토리, 장점, 감상평까지 세 단락으로 나뉘어 있었고, 작품성, 흥행, 연기, 오락, 만족도 점수도 따로 매겨져 있었지요. 다른 항목은 모두 10점 만점인데 작품성에만 20점 만점을 두어서 총점이 60점이 되게 한 이상한 평가표였어요. 1996년 여름 저의 영화 일기장에서 가장 높은 평점을 받은 건 <중경삼림>이었어요. "일곱 번째 보는데도 볼 때마다 새롭게 느껴진다", "이 영화의 모든 것이 장점"이라며 "톡톡 튀는 왕정문을 좋아하게 됐다"고 고백까지 했어요. 임청하와 금색 가발을 묶어 그녀의 욕망을 대리 해석하려고 했던 부분이나, 홍콩 반환을 언급한 부분은 아마도 분명히 『로드쇼』나 『스크린』에서 보고 베낀 글이었을 테고요. 적게는 하루에 1편, 많게는 하루에 3편씩 본 영화들을 기록한 그 일기장을 선생님은 혹시 기억하시겠어요? 미성년자 관람 불가 영화들이 온통 적혀 있던 그 일기장에 선생님은 별다른 말씀이 없으셨어요. 그저 가만히 "나도 영화를 참 좋아해."라고 말씀해 주셨죠.

그리고 시작됐을 거예요. 매주 월요일이면 선생님께서는 한 뭉치의 영화 전단을 제게 가져다주셨어요. 선생님이 주말에 본 영화 전단이 맨 위에 올려져 있었고, 당시 상영했던 다른 영화들의 전단도 몇 장씩 있었고요. 저는 그때 그 극장들의 이름을 처음 봤던 것 같아요. 선생님이 특별히 자주 가신다던 동숭시네마텍과 코아아트홀, 이런 극장들이요. 키아로스타미와 타르코프스키, 테오 앙겔로풀로스 같은 감독들의 이름도 그때 처음 들었을 거고요. 전단에 새겨진 사진과 글자들을 통해 새로운 영화와 극장을 꿈꾸기 시작했던 거 같아요. 저에겐 정말 큰 선물이었습니다.

제가 처음 코아아트홀에 갔던 건 중학교 졸업하기 직전의 겨울방학이었어요. 졸업하기 전에 선생님께 "저도 코아아트홀에 다녀왔어요!" 자랑하고 싶었나 봐요. 그때 마침 키아로스타미의 <체리향기>가 개봉했거든요. 아마 선생님께서 제일 처음 제게 가져다주셨던 전단이 <내 친구의 집은 어디인가>였을 거예요. 얼마 뒤엔 <올리브 나무 사이로>의 전단도 가져다주셨지요. 그런 저에게 <체리향기>는 코아아트홀에서 보는 첫 영화로 너무 완벽하다고 생각했던 거예요. 처음 가보는 극장 생각에 어찌나 신이 나던지, 종로대로에서 횡단보도를 부리나케 뛰다가 서서히 멈추고 있던 자동차 바퀴에 발등을 살짝 밟혔어요. 당황한 운전자가 차에서 내려 빨리 병원에 가자고 했지만, 저는 지금은 바빠서 안 되겠다고 했지 뭐예요. 영화 시간이 얼마 남지 않았거든요. 운전자는 기가 찬 표정으로 제게 5만 원인가를 쥐여줬던 거 같아요. 지금 생각해 보면 참 어처구니없지만 다행히 제 발에는 아무런 이상이 없었답니다^^; 그렇게 도착한 코아아트홀은 붉은 타일을 켜켜이 쌓아 올린 건물 외벽 때문인지, 따뜻한 느낌이었어요. 극장 안은 뭐랄까, 제게 익숙했던 인천 극장과 비교하면 시골집 다락방처럼 어딘가 퀴퀴했고, 그런데 그게 또 싫지는 않은 그런 분위기였어요. 지금 생각해 보면 그렇게 작은 극장도 아니었는데 말이에요. 영화도 선명히 기억해요. <체리향기>에서 계속 죽고 싶다고 말하던 주인공이 끝내 구덩이 안에 누워서 하늘에 뜬 달을 올려다보잖아요. 그렇게 끝날 줄 알았던 영화가 갑자기 촬영 현장을 보여주는 거예요. 조금 놀라긴 했지만 저와 친구는 금세 드라마 <질투>의 엔딩씬을 기억해 냈어요. 최진실과 최수종이 포옹하고 키스를 하는 순간, 커다란 카메라에 매달려 빙글빙글 돌아가는 스태프들을 보여주는 그 장면을요. 이후로 1999년 2월인가 3월에 <중앙역>을 봤고, 같은 해 여름방학엔 혼자 가서 <레이닝 스톤>을 봤어요. 그러고 보면 켄 로치는 새삼 참 대단한 사람인 거 같아요. 얼마 전에 극장에서 <나의 올드 오크>를 봤거든요. <레이닝 스톤>을 코아아트홀에서 처음 본 1999년부터 2024년에 본 <나의 올드 오크>까지 한결같이 같은 얘기를 하는 것 같은데, 늘 새로운 울림을 전해주니까요.

코아아트홀을 시작으로 선생님이 주신 전단 속의 극장, 그런 전단이 놓였을 법한 극장을 찾아다니게 됐던 거 같아요. 언젠가는 종로에 시네코아란 극장이 새로 생겼다며 그 극장의 전단들도 가져다주셨지요. 코아아트홀이나 동숭시네마텍의 전단들보다는 덜 낯선 영화들이었어요. 그 전단을 주신 게 1997년이었는데, 중학교를 졸업하고 고1이 되어서야 시네코아에 가서 <트루먼 쇼>를 봤답니다. 그때부터는 저도 극장에 갈 때마다 전단을 챙겨오는 습관을 들이게 됐고요. 더 이상 선생님의 월요일 선물을 받을 수 없었으니까요. 동숭시네마텍에 처음 가본 것도 1999년이에요. 동숭은 어딘가 차가운 느낌이었어요. 상영관 안의 까만 의자들이 특히 그랬고요. 2000년도엔 동숭시네마텍 근처에 하이퍼텍 나다라는 극장이 생겼어요. 선생님도 분명 가보셨겠죠? 저는 그해 수능을 한 달 정도 남겨둔 10월, 그 극장엘 처음 갔어요. 기타노 다케시의 <키즈 리턴>을 봤는데, 왠지 이대로는 집에 못 들어가겠더라고요. 그래서 그날 처음으로 엄마에게 연락도 하지 않고 밖에서 하룻밤을 보냈답니다. 고등학교에 올라가서는 정말 공부를 하나도 신경 쓰지 않았거든요. 수능을 한 달 남기고 서울로 영화를 보러 갔으니 말 다했죠. 그냥 매일 놀러 다니고, 영화 보고, 연애하고 그런 일들만 신경 썼어요. 그런데 막상 수능이 가까이 다가오니 꼴에 막막한 기분이 들었나 봐요. 대학을 안(못) 가면 앞으론 뭘 해야 하나 그제야 걱정을 했지 뭐예요. 아무튼 저는 그 극장이 단번에 마음에 들었어요. 특히 영화가 끝나고 커튼이 열리면 작은 정원과 장독대가 보이던 상영관 안의 풍경이요. 열흘 만에 다시 하이퍼텍 나다에 갔고, 그날은 <하나 그리고 둘>을 봤어요. 세 시간이나 되는 긴 영화를 지루할 새 없이 감탄하며 본 거 같아요. 바람나서 떠난 아빠 생각도 나고, 그래도 씩씩하게 자신의 인생과 나를 보살펴주고 있는 엄마 생각도 났고요. 그래서 수능이 며칠 남지 않은 주말, 다시 그 극장에서 엄마와 함께 <하나 그리고 둘>을 봤어요. 제가 엄마에게 하지 못했던 말들을 영화가 대신해 줄 것 같았거든요.

저는 결국 대학은 가지 않았지만, 하이퍼텍 나다의 회원이 될 순 있었어요. 회원비를 내면 공들여 만든 특별 감독전의 멋진 팸플릿을 선물로 줬고, 예쁜 나무 연필도 주었지요. 전화카드보다 얇은 회원 카드에 무슨 영화를 언제 봤는지 기록되는 것도 좋았어요. 나다에서 영화를 볼 때면 선생님께서 어디 계시지 않을까, 한 번쯤 고개를 돌려 찾아봤던 것 같아요. 한 번도 만나지는 못했지요. 분명 어딘가에 계셨을 텐데. 코아아트홀과 동숭시네마텍은 2004년에 문을 닫았어요. 2006년엔 시네코아가 문을 닫았고요.

선생님은 그 뒤로 어떤 극장에서 어떤 영화들을 보셨어요? 저는 서울로 올라와서 이것저것 돈 버는 일을 하다가 스물여섯인가부터 작은 극장에서 일하게 되었어요. 처음엔 가벼운 마음으로 시작했는데, 어쩌다 보니 10년이 훌쩍 넘는 세월을 작은 극장을 가꾸며 운영하는 일을 하게 되었답니다. 선생님께서 제게 알려주셨던, 작지만 특별한 극장 같은 곳을 만들고 싶었는지도 모르겠어요. 일은 정말 재미있었어요. 하다 보니 이게 진짜 내가 하고 싶었던 일이었구나 깨달았다고나 할까요. 제가 일했던 극장에는 한 번쯤 와보셨을지 궁금하네요.

언젠가 극장 리뉴얼 공사를 하고 다시 문을 열게 되어, 이전 상영작의 전단들을 전시하는 이벤트를 열었어요. 극장이라는 공간이 영화와 함께했던 시간을 기억하는 방법으로 전단을 창고에서 다시 꺼내 보여주고 싶었던 것 같아요. 또 한 번은 씨네큐브에서 열린 플리마켓에 참여했는데, 선생님께 받았던 예전 전단 몇 장을 가지고 나갔어요. 우리나라에서 가장 멋진 영화 포스터를 만드는 디자이너 중 한 분인 프로파간다의 최지웅 실장님이 몇 장을 골라 가시면서 정말 귀한 자료라고 말씀하시더라고요. 저는 그때도 선생님 자랑을 하면서 어깨가 으쓱해졌답니다.

요즘엔 극장을 가도 전단을 점점 볼 수 없는 시대가 되었어요. 저 역시 전단을 모으던 습관을 그만둔 지 오래되었지만, 영화를 기억할 수 있는 게 자꾸만 줄어드는 것 같아 어쩐지 아쉽게 느껴진답니다. 지금은 극장과 영화 일 모두 그만두었지만, 우연한 기회에 오래된 극장에 관한 책을 쓰게 되었어요. 어쩌면 이 모든 게 선생님이 가져다주신 <내 친구의 집은 어디인가> 전단으로부터 시작됐을지도 모르겠어요. 정말 감사드립니다. 늘 건강하세요. 선생님께 영화가, 그리고 또 극장들이 언제나 다정한 친구로 곁에 있기를 바랍니다.

Ⓒinema Ⓐnd Ⓣheater

Ⓒ 〈체리향기 Taste of Cherry〉(1998년 1월 1일 개봉)

Ⓒ 〈하나 그리고 둘 Yi Yi〉(2000년 10월 28일 개봉)

Ⓣ 코아아트홀

1989년 개관~2004년 폐관

Ⓣ 하이퍼텍 나다

2000년 8월 25일 개관~2011년 6월 30일 폐관

24 hour party people[4]

[4] 영국의 밴드 Happy Mondays가 1987년 발표한 동명의 곡에서 제목을 따왔다. (작가 주)

영화가 이렇게 좋다면 응당 영화를 만드는 일을 해야 할 것 같았다. 사실 그것 말고는 뭐가 더 있는지도 몰랐다. 고등학교에 올라오면서는 공부에 아예 손을 뗐다. 학교에선 잡지와 소설책을 붙들고 있었고 야간자율학습 대신 영화를 보러 쏘다니기만 했다. 그러다 고3에 올라갈 무렵, TV 다큐 프로그램에서 하자센터를 처음 알게 됐다. 청소년 직업 체험의 목적으로 세워졌다는 그곳은 주로 학교를 자퇴한 아이들의 대안 교육 공간으로 소개되고 있었다. 선생님이라는 호칭도 사용하지 않고 서로 격의 없이 대화하는 분위기 속에서 다양한 예술 분야를 배우는 모습이 꽤나 쿨해 보였다. 마침 하자센터에 '영상방'이란 프로그램이 있는 걸 발견했고, 그렇다면 내가 직접 영화를 한 번 만들어보겠다는 비장한 마음으로 하자를 찾아갔다.

그렇게 찾아간 하자센터에는 나 말고도 열 명 정도의 또래 친구들이 모여 있었다. 학교를 자퇴한 아이들보다는 TV를 보고 나와 비슷한 호기심으로 찾아온 이들이 더 많은 것 같았다. 영상 초급반 강좌의 이름은 '네 마음대로 해봐!'였다. 고다르의 <네 멋대로 해라>를 조금은 온화하게 표현한 듯한 이름의 첫 수업의 첫 과제는 각자 여기에서 사용할 이름을 정하는 것이었다. 하자의 아이들은 대부분 본명 대신 자신이 직접 만든 닉네임으로 불리고 있었기 때문이다. 상추, J와는 첫 수업에서부터 친해졌다. 둘은 사촌 사이로, 호기심에 함께 수업을 들으러 온 참이었다. 상추는 인천에서도 노는 아이들 사이에서 유행했던, 이마에 바짝 붙인 깻잎 머리를 하고 있었는데, 깻잎은 좀 직접적이다 싶었는지 상추를 자신의 닉네임으로 정했다. 우리는 <비트>와 정우성, 그리고 서태지에서 서로 통해버렸다. 또 J와는 신촌에서 홍대로 넘어가는 골목에 있던 힙합클럽 마스터플랜의 단골이라는 공통점이 있었다.

캠코더 카메라를 사용하는 법부터 시작해, 편집 프로그램 사용하기, 시나리오 쓰기 등의 수업이 차례차례 진행됐다. 나는 기가 찰 노릇이었다. 이 모든 과정이 하나도 재미가 없었다. 내가 영화를 이렇게나 좋아하는데, 만드는 일엔 이렇게나 흥미가 안 생긴다고??!? 세상이 무너지는 심정이었다. 그래도 수업 과정상 한 편은 꼭 완성해야 해서, 마곡역을 배경으로 짧은 영화를 찍기 시작했다.

인천에서 하자센터를 오기 위해서 타고 다닌 60번 좌석버스는 김포공항을 지나 강서구를 통과해 영등포까지 이어지는 노선이었다. 60번 버스를 타고 김포공항을 지나면 곧 허허벌판이 나타났다. 마곡역은 그 허허벌판 한가운데 있었다. 아무것도 없는 그곳에 지하철역만이 오도카니 홀로 있는 모습이 늘 신기했다. 노선도에는 '미운행' 딱지가 붙어있고, 5호선 열차가 마곡역을 그냥 통과만 하던 때였다. 그렇게 허허벌판의 유령역을 찍기로 하고 상추와 학교 친구 둘을 꼬셔서 배우로 섭외했다. 김포공항을 가려던 두 친구가 마곡역에 갔다가 미친 사람 혹은 유령을 만난다는 내용의 흑백영화, 아니 차라리 뮤직비디오에 가까운 영상이었다. 제목은 <No Surprise>였는데, 어쩌면 '라디오헤드'의 음악을 한번 깔

아보고 싶어서 만든 영화였는지도 모르겠다. 찍는 것도 고역이었고, 편집하는 건 더 최악이었다. 촬영을 진행하는 상황이나 기계와 장비에는 전혀 관심도 재능도 없다는 걸 알게 됐다. 그래도 수업을 거치며 장비 다루기는 물론 편집에까지 특출난 성과를 보인 상추의 도움으로 영화를 완성하기는 했다.

영화 완성 후 추석 연휴에 상추와 J를 불러냈다. 영화 완성에 도움을 준 빚도 갚을 겸 함께 심야영화를 보러 가기로 한 거다. 우리는 총신대입구역에서 만나 태평백화점 맞은편에 있던 씨네맥스에서 심야영화 패키지를 끊었다. <아이즈 와이드 셧>과 <가위>, <죽거나 혹은 나쁘거나>까지 세 편으로 묶인 상영이었다. <아이즈 와이드 셧>은 스탠리 큐브릭의 유작으로, 또 당시 세상에서 제일 유명한 부부였던 톰 크루즈와 니콜 키드먼이 동반 출연한다는 사실로 굉장한 화제를 불러일으키고 있었다. 영화는 심야 상영에 제격이었다. 한밤중의 몽롱하고 야릇한 소동 같았다. 나는 무언가에 단단히 홀린 기분이 되었다.

이어진 <죽거나 혹은 나쁘거나>는 며칠 전 코아아트홀에서 이미 봤던 영화였기 때문에 밤새 <아이즈 와이드 셧>을 곱씹으며 꼬리에 꼬리를 무는 생각에 빠져들었다. 영화를 만드는 거 말고, 영화를 보는 건 직업이 될 수 없나? 24시간 극장에 죽치고 앉아 영화를 보는 거라면 정말 자신 있는데.

따지고 보면 Y2K 세기말 무렵의 캠핑장은 다름 아닌 심야영화관이었다. 돈은 없지만 시간과 체력은 넘치던 밀레니엄의 나도 부지런히 심야영화를 보러 다녔다. 대부분 심야영화관들의 포맷은 개봉작을 세 편 패키지로 묶어 릴레이로 상영하는 식이었다. 1990년대 후반부터 2000년대 초반 심야영화 패키지를 주기적으로 편성한 극장에는 총신대입구역의 씨네맥스 외에도 명동의 코리아극장, 신촌의 신영극장, 그리고 스타식스정동 등이 있었다. 그중 스타식스정동은 6개의 상영관 수를 자랑하며, 매주 최소 2종의 각기 다른 영화 구성을 선보여 가장 인기 있는 심야영화관이었다. 밤새 열심히 영화만 보러 온 관객도 있고, 막차를 놓친 경기도나 인천 사람들이 잠을 자러 극장에 오기도 했다. 실제로 캠핑객 수준으로 짐을 싸 오는 사람들도 더러 있었다. 먹을거리와 침구류는 기본이고, 세안도구까지 챙겨온 사람들로 휴식 시간의 화장실은 캠핑장의 샤워장을 방불케 했다. 두 번째 상영하는 영화가 이미 본 영화라면 잠깐 나가서 술을 먹고 다시 극장으로 돌아온다거나 하며 각자의 방식으로 즐기면 그만이었다. 그렇게 3편의 영화를 연달아 본 뒤 새벽을 맞이하면, 같은 시간 한 공간에서 질리도록 영화를 본 낯선 이들 사이에 모종의 친밀감이 흐르는 것처럼 느끼기도 했다. 그 시절 내 지갑 속에는 매주 『씨네21』 지면 귀퉁이에서 찢어낸 스타식스정동의 심야영화 할인쿠폰이 부적처럼 들어있었다.

한국 최초의 심야 상영은 <애마부인>으로 알려져 있다. 해방 이후 37년간 이어진 야간 통행금지가 해제된 1982년 서울극장에서 개최한 이벤트 행사였는데, 첫날 5천 명이 넘는 관객이 몰려든 바람에 기마경찰대가 출동하고 매표소 유리가 깨져 나갔다고 한다. 그 인기에 점차 다른 극장은 물론 비디오를 상영하는 심야 다방까지 생기며 성황을 이뤘지만, 청소년들의 탈선 장소로 지목되면서 1988년 심야 상영은 금지되었다.

그렇게 사라지는 듯 보였던 심야 상영은 1996년 데이비드 린치의 <이레이저 헤드> 개봉에 맞춰 진행된 심야 시사회를 시작으로 재개됐는데, 본격적으로 밤의 신호탄을 쏘아 올린 건 라스 폰 트리에의 <킹덤>이었다. 1997년 동숭시네마텍에서 개봉해 연일 매진을 기록한 <킹덤>은 시네코아, 브로드웨이 등 전국 10여 곳의 극장을 순회하며 거의 1년 동안 15만 명의 관객을 동원했다. 4시간이 넘는 러닝타임으로 10여 곳의 스크린을 통해 거둔 성적으로는 놀라운 사건이었다. 특히 심야 상영 회차가 인기가 많았는데, 좌석점유율 100%는 아직까지 전설의 기록으로 남아있다. 1997년 12월 20일 자 『매일경제』에서는 오후 5시부터 배부한 <킹덤> 심야 상영의 티켓이 10분 만에 동이 났다며, "이날 동숭시네마텍은 이래저래 '비명성시'였다. 영화사 측은 동숭시네마텍이 개관한 이래 처음으로 예매표가 완전 매진돼 즐거운 비명을 질렀고, 관객들은 영화가 만들어내는 음산함에 비명을 질러야 했다."고 보도했다.

1998년엔 심야 상영이라면 빼놓을 수 없는 영화, <록키 호러 픽쳐 쇼>가 동숭시네마텍과 코아아트홀에서 개봉했다. 여기에 재밌는 사실이 하나 있는데, <록키 호러 픽쳐 쇼>는 1982년 <애마부인>으로 우리나라 최초의 심야 상영을 기획했던 이황림 씨가 서울극장을 퇴사하고 차린 영화사 율가필름에서 수입한 작품이다. 수입하고 몇 년째 창고에만 묵혀있던 필름은 <이레이저 헤드>와 <킹덤> 심야 상영을 기획한 김조광수 감독(당시 영화사 바른생활 대표)의 국내 개봉 제안으로 겨우 빛을 볼 수 있었다고 한다. <록키 호러 픽쳐 쇼>는 자신의 운명대로 심야영화 마스터들의 만남을 통해 비로소 개봉할 수 있었던 것이다.

<킹덤>과 <록키 호러 픽쳐 쇼>의 성공 이

후 극장들은 심야 상영 프로그램을 확대했고, 종로의 허리우드극장, 명동의 코리아극장, 신촌의 신영극장, 이화예술극장 등이 주말 밤마다 영사기를 돌렸다. 아닌 밤중에 워커힐호텔까지 나서, 연회장인 가야금홀을 심야영화관으로 개조해 운영하기도 했다. 2000년 정동길 경향신문사 사옥에 문을 연 스타식스정동은 거기에 불을 지폈다. 같은 해에는 MMC동대문도 등장했다. 2000년 1월 29일 새벽 0시 10개 관으로 문을 연 MMC동대문은 새벽 유동 인구가 많은 동대문의 특성을 살려 아예 24시간 불이 꺼지지 않는 극장을 만들어버렸다. MMC동대문에서는 이미 극장에서 큐레이션 한 세 편의 영화를 연달아 봐야 하는 심야영화관과는 달리 자신의 취향대로 밤샘 영화를 구성할 수 있었다.

하지만 MMC동대문은 인근에 메가박스 동대문이 입점한 다음 해인 2009년 폐관했고, 24시간 상영은 메가박스 동대문점이 잠시 그 명맥을 잇기도 했지만 얼마 못 가 없어졌다. MMC동대문이 있던 자리엔 2017년부터 CGV가 동대문점으로 운영 중이다. 밤샘 극장의 성지였던 스타식스정동은 2007년 경향신문사가 인수해 시네마정동으로 이름을 바꿨다가 2010년 영업을 종료했다. 그리고 2022년 3월부터 서울아트시네마가 스타식스정동의 4관 자리를 개보수한 후 사용 중이다.

스타식스정동은 심야 상영으로만 줄창 갔던 곳이어서인지(그리고 스타식스정동 4관은 심야 상영이 매주 편성되는 관이기도 했다), 지금의 서울아트시네마에 앉아 영화를 보고 있으면 시간이 마구 뒤엉킨 기분이 들곤 한다. 분명 인테리어며 좌석까지 다 바뀌었는데, 시간이 갑자기 자정으로 점프해 저기서 누군가 밍크 담요를 싸맨 채 간식을 하나둘 꺼낼 것 같고, 극장 안은 사람들이 풍기는 온갖 소리와 냄새들로 순식간에 부풀어 오를 것 같다. 이 밤이, 영화가, 영원히 끝나지 않을 것만 같은 이상한 착각. 사실 고백하자면 극장에 도착하기도 전에, 정동길을 따라 걷고만 있어도 나는 여전히 그런 착각에 빠져버리고 만다.

“중요한 건 우리가 깨어있다는 거야. 다행히도 아주 오랫동안.” 〈아이즈 와이드 셧〉

Ⓒinema Ⓐnd Ⓣheater

Ⓒ 〈아이즈 와이드 셧 Eyes Wide Shut〉(2000년 9월 2일 개봉)

Ⓣ 씨네맥스
1996년 개관~2001년 폐관
Ⓣ 스타식스정동
2000년 개관~2007년 개명(시네마정동)~2010년 폐관 *2024년 현재
예전 4관 자리에서 서울아트시네마 상영 중
서울특별시 중구 정동길 3 경향아트힐 2층

서울을 부탁해

스무 살이 되던 2001년 3월에 인천국제공항이 문을 열었다. '신공항'이라는 선언적 명칭에서부터 당장 어디든 날아갈 수 있을 것만 같은 설레는 기분이 들게 하는 곳이었다. 영화를 만드는 데에 흥미도, 재능도 없다는 걸 알게 된 나는 대학도 포기한 채 싱숭생숭한 기분으로 괜히 신공항 출국장에 앉아 어딘가로 떠나는 사람들을 한참 동안 바라보다 오곤 했다. 그때 인천을 배경으로 여상을 막 졸업한 스무 살 친구들의 이야기를 그린 영화가 개봉한다는 소식을 들었다. 내가 자란 인천이 배경이어서였을까, 하필이면 나도 스무 살이어서였을까, 개봉일을 손꼽아 기다렸다가 서울극장으로 갔다.

1980년대부터 영진위 통합전산망이 구축되기 전인 2000년대 초반까지 서울극장은 '이곳의 영화 개봉일 관객 수가 곧 흥행의 바로미터'라는 말이 정설임을 증명이라도 하듯 많은 영화 관계자들이 몰리는 곳이었다. 암표상과 관객 수를 체크하는 입회사 직원, 제작자, 그리고 관객까지 한데 어우러져 화제작의 개봉일이면 서울극장 앞은 흡사 축제 같은 분위기를 냈다. 서울극장 앞 모 카페 3층에 올라가면 유리창에 매달려 개봉일 관객 반응을 살피고 있는 감독과 배우들을 볼 수 있다는 팁이 『신디 더 퍼키』나 『유행통신』 같은 패션 잡지에 실리던 시절이었다. 어딘가 초조한 그 분위기가 왠지 나까지 들뜨게 해서, 특히 기다린 한국영화라면 일부러 개봉 날 서울극장에 가서 티켓을 끊었다.

<고양이를 부탁해>를 보러 간 서울극장은 떠들썩한 잔치보다는 쓸쓸한 동창 모임 같았다. 암표상들도 일찍 일을 접고 퇴근한 것 같았고, 상영관 안은 절반도 차지 않았다. 그런데 영화가 시작하자마자 갑자기 눈물이 볼을 타고 흘러내렸다. 혜주(이요원)가 동인천역에서 1호선을 타고 서울로 출근하는 장면부터였다. 그 장면에 삽입된 '모임별'의 '진정한후렌치후라이의시대는갔는가'가 분위기를 잘 잡아준 덕도 있지만, 극장 안을 울리는 혜주의 일정한 구둣발 소리가 부서진 자동차를 지나 서울행 1호선 열차에 올라타고, 그리고 다시 복잡한 선로들로 이어지는 장

면들에서 나는 이 영화에 완전히 마음을 빼앗겨 버렸다. 신공항에 앉아 어디로든 날아갈 수 있을 거라는 막연한 기대, 그리고 인천에서 서울로 향하는 혜주의 틈 없이 단단한 구둣발 소리. 당시 내게 '여기가 아닌 어딘가'는 가장 가슴 벅찬 스무 살의 주제였는지도 모르겠다.

영화에서 가장 부러운 건 태희(배두나)고, 마음이 쓰이는 건 혜주였다. 내가 태희처럼 될 팔자와 성격이 아니란 건 진작에 알았고, 살면서 운이 좋다면 태희 같은 친구를 꼭 만나고는 싶었다. 혜주에게선 가장 나와 닮은 모습을 많이 본 것 같다. 이기적이고 어딘가 모르게 얄미운 구석이 있지만 슬쩍슬쩍 주변을 살피는 심성, 그리고 어떻게든 기를 쓰고 서울로 가고자 하는 본능. 다섯 명의 친구가 월미도에서 (아마도 혜주가 꼬신 게 틀림없을) 동대문으로 넘어가는 장면, 인천에서 서울로 가는 삼화고속의 노선을 따라 펼쳐지는 경인고속도로의 창밖 풍경은 인천 관객들만이 알아챌 수 있는 감각이었다. 삼화고속이 목동쯤 왔을 때 진입하는 지하도에서 느껴지는 '마침내 서울'이라는 안도감, 그리고 이어지는 옷의 도시 동대문과 평화시장의 신성한 간판들. 그렇게 영화는 내가 어정쩡하게 기웃거리고 있던 두 도시를 가로지르며 마음을 온통 헤집어 놨다. 오락실에서 머리를 풀고 펌프를 하는 혜주를 보면서는 1994년 김운경 작가가 쓴 드라마 <서울의 달>의 차영숙(채시라)을 떠올리기도 했다. 달동네와 가난이 지긋지긋한 영숙은 모처럼의 휴가에도 금수저에 능력까지 좋은 카풀 파트너 승규(정성모)와 시간을 보내기 위해 출근하는 척 에스페로에 올라탄다. 구로까지 가는 가짜 출근길 중에 승규와의 일이 뜻대로 되지 않아 속이 상한 영숙은 막상 회사 앞에 도착하자 갈 곳이 없다. 도서관에 가서 승규가 좋아하는 클래식 책을 넘겨보다가, 냅다 오락실에 가서 갤러그 게임을 하던 영숙의 옆얼굴…. (영숙은 결국 승규와 데이트를 한 번 하는데, 그랑프리극장에서 <투캅스>를 보고 피자헛에 간다. 강남 신사역사거리에 있던 그랑프리극장 간판에는 칸영화제의 황금종려상 트로피가 새겨져 있었다. 승규와 완전히 어긋난 뒤에는 영숙 혼자 극장에 가는데 이화예술극장에서 알모도바르의 <하이힐>을 본다.)

나는 당장 어디든 떠날 수 없다면 어디든 떠날 수 있을 것만 같은 신공항에서 일을 해 보겠다며, 한 항공사의 기내식 센터에 아르바이트로 들어갔다. 공항 활주로 근처에 있던 기내식 센터는 점심시간 구내식당에서 비행기가 뜨고 착륙하는 경치를 20분 한정으로 누릴 수 있는 곳이었다. 나는 기내식 과일 파트에서 일하게 되었는데, VIP와 퍼스트클래스만 담당하는 노련한 부장님을 중심으로 대여섯 명의 직원이 비행기에 실려 어디로 날아갈지 모를 과일들을 하루 종일 깎고 자르고 손질하는 곳이었다. 외주 용역 업체를 통해 아르바이트로 들어간 나는 가장 단순한 직무인 오렌지를 담당했다. 작업실 입구에 오렌지 껍질을 깎는 기계가 있었는데 정육점에나 있을 법한 커다란 덩치의 기계였다. 오렌지를 기계의 홈에 맞춰 밀어 넣기만 하면 되는 단순한 일이었다. 하루 종일 서서 위생복과 위생모를 뒤

집어쓴 채 반복해야 하는 따분한 일이었지만 오렌지 냄새가 지겹지는 않았다. 사과를 잔뜩 깎아 다른 부서에서 빼돌린 크림치즈를 발라 먹던 휴식 시간과, 잔심부름을 하기 위해 작업실 옆 과일 냉장창고에 들어갈 때는 특히 좋았다. 온갖 과일이 가득한 냉장창고 안에서는 정말 상쾌하고 값비싼 향기가 났다. 때론 <고양이를 부탁해>에서 지영(옥지영)에게 신공항 일을 소개해 준 통장 아줌마가 여기 어딘가에 계시진 않을까 상상했다. 그리고 마침내 태희와 지영이 어딘가로 날아갔다면, 필히 내가 커다란 기계로 밀어 넣어 껍질을 깎아낸 오렌지를 먹었을 거라고 자신해 보기도 했다. 오렌지는 이코노미석부터 퍼스트클래스까지 모든 등급에 공통으로 부여되는 가장 공평한 과일이었으니까.

나는 <고양이를 부탁해>가 너무 좋아서 서울극장에서 영화를 본 바로 이틀 뒤 신촌 로터리 그랜드마트 꼭대기 층에 있던 그랜드시네마에 가서 한 번 더 관람했다. 이날은 사람이 더 없어서, 고작 열 명도 안 되는 관객만이 극장에 앉아 있었다. 그렇게 영화는 흥행에는 실패하여 개봉 일주일 만에 대부분의 극장에서 종영하게 됐지만, <고양이를 부탁해>는 언제나 내 마음속에 가장 가까운 영화로 기억되고 있었다. DVD와 OST를 사서 질리도록 돌려가며 보곤 듣곤 했다. 그리고 마침내 나도 혜주처럼 인천을 떠나 홍대 앞에 한 칸짜리 월세방을 얻어 살게 됐다. 우연한 기회로 작은 극장에서 일하게도 되었다. 상영관 현장 업무를 맡다가 사무실로 옮겨 프로그램 기획 일을 막 시작하게 됐을 무렵 나의 사수이자 파트너로 진명현 프로그래머가 극장에 새로 오게 되었다. 우린 성격이나 영화 취향까지 많은 부분에서 다른 사람이었지만 전도연, 엄정화, 온스타일 채널, 그리고 <고양이를 부탁해>를 좋아하는 취향만은 완벽하게 같았다. 우리는 기회가 닿는 대로 몇 번인가 <고양이를 부탁해>의 35밀리 필름을 한국영상자료원에서 대여해 상영했다. 모임별을 극장으로 초청해 영화에 삽입된 곡들을 공연하기도 했다. 한창 재개봉 영화가 유행일 때는 거기에 한국영화가 포함되지 않는 사실을 아쉬워하며 우리가 직접 <고양이를 부탁해> 재개봉을 해보자는 계획을 짜보기도 했다. 그렇다면 굿즈는 어떤 걸 만들까? GV 섭외 게스트는? 우리는 언제나 진지한 태도로 리스트를 채워나갔다.

그렇게 내가 극장에서 일을 하고 있을 때에도 서울극장은 서울극장으로 존재했다. 서울극장은 재개봉관이던 세기극장을 1978년 합동영화사가 인수하며 운영을 시작했다. 개관작은 김수현 작가가 쓰고 정소영 감독이 연출한 <마지막 겨울>이었다. 개관 후 얼마 지나지 않아 1980년대 초부터 연간 관객 수 100만 명을 훌쩍 넘기며 전국 관객 동원 1위를 기록하는 등 당대 최고의 극장으로 이름을 날렸다. 서울극장은 1982년 <애마부인>으로 한국 최초의 심야 상영을 진행했고, 같은 해 <포스트맨은 벨을 두 번 울린다> 개봉 시에는 최초로 전화 예매 제도를 도입한 극장이기도 했다. 일찍이 멀티플렉스 시대를 예견하며 대응에도 발 빠른 편이었다. 이미 1989년 3개의 복합상영관(3개 관의 명칭은 각각 1관-칸느, 2관-아카데미, 3관-베니스였다)

건물을 신축했던 서울극장은, 다시 1997년엔 7개 관으로, 2003년엔 11개까지 상영관을 확대했다. 주로 독립예술영화와 관계된 일을 하고 있던 나는 2015년 인디스페이스와 서울아트시네마가 서울극장에 임대 형식으로 자리를 찾은 후론 더욱이 친근한 느낌이 들기도 했다. 그러나 친근한 마음과는 별개로 서울극장은 갈 때마다 계속 헤매게 되는 극장이기도 했다. 층과 층 사이를 잇는 서울극장의 계단실은 복잡한 미로 같아 도대체 여기가 몇 층인지 알기가 쉽지 않았다. 화장실이라도 한 번 가게 되면 다시 상영관으로 가는 길을 찾기가 여간 어려운 일이 아니었다.

2021년 10월엔 <고양이를 부탁해>가 개봉 20주년을 맞아 디지털 리마스터링으로 재개봉한다는 소식이 들렸다. 나는 몸담고 있던 영화사업부의 철수 이후 지방으로 발령받아 내려와 지내고 있던 차여서 그 소식에 너무나 반가우면서도 답답한 마음이 교차했다. 지금 극장에 있었다면 누구보다 신나게 이 영화의 재개봉을 홍보하고 관객들을 만날 준비를 하고 있을 텐데. 그

토록 원하던 일이 고마운 분들의 손을 거쳐 실현되었지만, 기꺼이 다시 관객이 되는 것 말고는 딱히 할 수 있는 게 없었다. <고양이를 부탁해> 개봉일로부터 정확히 20년이 흐른 2021년 10월 13일 저녁, 나는 다시 서울극장으로 갔다. 서울극장은 팬데믹의 긴 터널 끝에 그해 8월 31일을 끝으로 이미 영업을 종료한 상태였지만 그곳에 둥지를 틀고 있던 인디스페이스는 아직 상영을 이어가고 있었다. 인디스페이스와 서울아트시네마만이 불을 밝히고 있는 거대한 서울극장이 더없이 애틋해 보였다. 여러 복잡한 마음이 들었지만 20년 만에 같은 극장에서 새 옷을 입은 <고양이를 부탁해>를 만나게 된 사실만큼은 정말 기뻤다. 디지털로 리마스터링된 <고양이를 부탁해>는 더 생생하고, 더 현재 같았다. 20년의 시간이 흘렀음에도 조금도 낡은 느낌이 없었다. 영화가 끝나고 극장에 불이 켜진 순간, 상영관 뒤쪽에서 누군가 내 이름을 불렀다. 작은 극장에서 일하던 시절, 이 영화의 사랑스러움을 공유하며 함께 가상의 재개봉 계획을 짜곤 했던 진명현 프로였다. 예상치 못한 우연한 만남에 놀라긴 했지만, 어쩌면 이미 예정된 만남이었겠다는 생각도 들었다. 우리는 광장에 쪼그려 앉아 불 꺼진 서울극장을 바라보며 배우들의 표정이 너무 생생했다든지, 이 오래된 극장의 운명은 도대체 어떻게 된다는 것인지, 또 우리가 예전에 얘기했던 <고양이를 부탁해> 굿즈들은 뭐였는지 대중없이 이야기를 이어갔다. 그리고 태희의 왕만두 씬을 이야기하다가 기어코 종로에 있는 분식집을 찾아가 함께 만두를 먹고 헤어졌다. 반가운 우연이 있던 그날 이후 얼마 안 있어 서울극장은 모든 불을 끄고 완전히 문을 닫았다. 돌이켜보면 서울극장은 임대 형식으로 상영관을 내어준 적은 있지만, 한 번도 자신의 이름을 멀티플렉스 체인에 팔지 않고 독자적인 노선을 지켰다. 서울극장은 서울극장으로 있다가 서울극장으로 떠났다.

Ⓒinema Ⓐnd Ⓣheater

Ⓒ 〈고양이를 부탁해〉(2001년 10월 13일 개봉)

Ⓣ 서울극장

1978년 개관~2021년 8월 영업 종료 *인디스페이스와 서울아트시네마 사용 후 2021년 12월 31일 전체 폐관

2001년의 극장(들)

2001년 스무 살의 내가 극장에서 관람했던 영화들의 제목과 극장명을 리스트로 소개한다. 막 확장되기 시작한 멀티플렉스와 기존의 극장들이 힘겨루기를 할 수 있었던 거의 마지막 시기가 아닐까 싶다. 리스트를 통해 전주, 부천, 부산 등 각 영화제 상영관의 변화도 알 수 있다. 서울아트시네마는 소격동 아트선재센터에서 운영되던 시기이고, 아트큐브는 현재 씨네큐브 2관의 명칭이었다. 주공공이 ZOO002는 강남역에 있던 동아극장을 강제규필름이 운영을 맡아 리뉴얼했던 극장으로 '영화를 즐기는 제2의 동물원'이라는 뜻이라고 한다. CLUB EOE4는 1998년 남산에 처음 문을 연 자동차극장이다.

1월 1일 〈자카르타〉 춘천 브로드웨이극장

1월 6일 〈미트 페어런츠〉 정동A&C

1월 12일 〈하루〉 시네마천국

1월 17일 〈눈물〉 남산감독협회시사실

1월 24일 〈왓 위민 원트〉 춘천 아카데미극장

1월 29일 〈소년, 소녀를 만나다〉 아트큐브

1월 31일 〈나도 아내가 있었으면 좋겠다〉

메가박스코엑스

2월 4일 〈캐스트 어웨이〉, 〈번지점프를 하다〉,

〈브링 잇 온〉 *심야상영 명동코리아극장

2월 12일 〈수쥬〉 코아아트홀

2월 18일 〈빌리 엘리엇〉 중앙시네마

2월 21일 〈어둠속의 댄서〉 씨네플러스

3월 1일 〈부에나 비스타 소셜 클럽〉 씨네큐브

3월 9일 〈비밀의 화원〉 스카라극장

3월 14일 〈천국의 아이들〉 명보플라자

3월 16일 〈캐논 인버스〉 ZOO002

3월 18일 〈기브 잇 올〉, 〈스페이스 트래블러스〉,

〈가미가제 택시〉 *심야상영 정동스타식스

3월 20일 〈선물〉 영화나라

3월 29일 〈미스 에이전트〉 씨네하우스

3월 30일 〈친구〉 ZOO002

4월 11일 〈파인딩 포레스터〉 영화나라

4월 17일 〈5시부터 7시까지의 클레오〉 동숭홀

4월 24일 〈거류〉 서울극장

4월 24일 〈팬지와 담쟁이〉 서울극장

4월 28일 〈영화의 역사〉 전주 뉴코리아극장

4월 29일 〈혹성궤적〉 전주 대한극장

4월 30일 〈러쉬〉 전주 씨네21극장

4월 30일 〈그녀에 대해 알고 있는 두 세가지 것들〉 전주 피카디리극장

4월 30일 〈아모레스 페로스〉 전주 씨네21극장

4월 30일 〈도시의 낙원〉 전주 씨네21극장

5월 1일 〈내겐 오직 파스빈더뿐〉 전주 뉴코리아극장

5월 1일 〈길 위에서〉 전주 대한극장

5월 1일 〈로지에〉 전주 대한극장

5월 1일 〈햄릿 2000〉 전주 씨네21극장

5월 1일 〈붉은 대기〉 전주 뉴코리아극장

5월 2일 〈서른 살의 죽음〉 전주 뉴코리아극장

5월 2일 〈중국여인〉 전주 피카디리극장

5월 3일 〈디지털 삼인삼색 2001〉 전주 덕진예술회관

5월 3일 〈와이키키 브라더스〉 전주 대한극장

5월 18일 〈멕시칸〉, 〈인디안 썸머〉, 〈파이란〉 *심야상영 정동스타식스

5월 21일 〈쇼아〉 아트큐브

5월 26일 〈파이란〉 CGV인천14

5월 31일 〈엑소시스트: 디렉터스 컷〉 서울극장
6월 3일 〈수취인불명〉, 〈악어〉, 〈섬〉 *심야상영
시네코아
6월 5일 〈프린스 앤 프린세스〉 씨네큐브
6월 10일 〈인디포럼 2001 다큐1〉 서울아트시네마
6월 10일 〈인디포럼 2001 애니2〉 서울아트시네마
6월 15일 〈슈렉〉 시네코아
6월 21일 〈신라의 달밤〉 연세대백주년기념관
6월 29일 〈소외〉 센트럴6시네마
6월 29일 〈리허설〉 센트럴6시네마
7월 2일 〈툼 레이더〉 동대문MMC10
7월 12일 〈레퀴엠〉 부천시민회관
7월 13일 〈산중전기〉 부천시청
7월 13일 〈스카우트맨〉 부천시청
7월 14일 〈히어로즈 인 러브〉 부천
복사골문화센터
7월 14일 〈충렬도〉 부천 복사골문화센터
7월 14일 〈나비〉 부천 복사골문화센터
7월 14일 〈시리즈 7〉 부천시청
7월 15일 〈공포의 집〉 부천시청
7월 15일 〈협녀〉 부천 복사골문화센터

7월 17일 〈메멘토〉 부천시민회관
7월 17일 〈커먼웰스〉 부천시청
7월 17일 〈비지터 Q〉 부천시청
7월 18일 〈엽기 영화 공장〉 부천 복사골문화센터
7월 18일 〈시민톡시: 톡식 어벤져 4〉 부천 복사골문화센터
7월 19일 〈부천초이스-단편〉 부천시청
7월 19일 〈인디펜던트〉 부천 복사골문화센터
7월 19일 〈신라의 달밤〉 CLUB EOE4
7월 21일 〈소름〉 부천 복사골문화센터
7월 26일 〈쥬라기 공원 3〉 춘천 브로드웨이극장
7월 28일 〈엽기적인 그녀〉 씨네플러스
7월 31일 〈녹색 광선〉 서울아트시네마
8월 6일 〈세이예스〉 씨네하우스
8월 8일 〈타인의 취향〉 씨네큐브
8월 9일 〈혹성탈출〉 센트럴6시네마
8월 11일 〈A.I.〉 씨네플러스
8월 14일 〈이웃집 토토로〉 메가박스코엑스
8월 21일 〈제7의 봉인〉 하이퍼텍 나다
8월 21일 〈하나 그리고 둘〉 하이퍼텍 나다
8월 22일 〈가을 소나타〉 하이퍼텍 나다

8월 23일 〈히로시마 내사랑〉 하이퍼텍 나다

9월 7일 〈드리븐〉, 〈기사 윌리엄〉, 〈메멘토〉 *
심야상영 정동스타식스

9월 18일 〈브리짓 존스의 일기〉 녹색극장

9월 22일 〈분노의 질주〉 동대문MMC10

9월 25일 〈아메리칸 스윗하트〉 중앙시네마

9월 28일 〈봄날은 간다〉 서울극장

10월 14일 〈고양이를 부탁해〉 서울극장

10월 16일 〈고양이를 부탁해〉 그랜드시네마

10월 17일 〈아들의 방〉 씨네하우스

10월 20일 〈킬러들의 수다〉 메가박스코엑스

11월 7일 〈차스키 차스키〉 씨네큐브

11월 10일 〈서던 컴포트〉 부산극장

11월 10일 〈천년여우〉 부산극장

11월 10일 〈피아니스트〉 부산 벡스코

11월 11일 〈비밀투표〉 부산극장

11월 11일 〈멀홀랜드 드라이브〉 부산 벡스코

11월 11일 〈잔다라〉 부산 벡스코

11월 12일 〈얄라! 얄라!〉 부산극장

11월 12일 〈팻걸〉 부산극장

11월 12일 〈거기는 지금 몇시니?〉 부산극장

11월 12일 〈리스본행 노란색 시트로엥〉 부산극장

11월 13일 〈밀레니엄 맘보〉 부산 대영시네마

11월 13일 〈낙타(들)〉 부산 대영시네마

11월 14일 〈달마야 놀자〉 CGV남포

11월 15일 〈쥴 앤 짐〉 부산 벡스코

11월 15일 〈마그리트 뒤라스의 사랑〉 부산 벡스코

11월 16일 〈톰과 제시카〉 씨네시티부산

11월 16일 〈붉은 다리 아래 따뜻한 물〉 부산극장

11월 16일 〈해선〉 부산 대영시네마

12월 6일 〈흑수선〉, 〈와니와 준하〉, 〈고〉 * 심야상영 정동스타식스

PART Ⓑ

오래된 극장에서

빛으로 만든

지금은 홍대 인근에 모든 멀티플렉스 체인이 들어와 있고 독립예술영화관도 서너 곳 운영되고 있지만, 2000년대 초반만 해도 이곳은 극장이 하나도 없는 동네였다. (2001년 홍대 정문 근처에 문을 연 떼아뜨르추는 상설 상영관은 아니었고 이따금 기획전을 여는 시네마테크 형태의 공간이었다) 대신 홍대에는 재미난 곳이 아주 많았다. 마트마타, MI 같은 클럽, 삐그덕대는 나무 바닥이 깔린 커피가게와 맥줏집들. 사실 홍대 정문 앞 놀이터에 앉아만 있어도 밤을 지새울 수 있는 나날이었다. 하자에서 만난 친구들도 독립하게 되면 일단은 모두 홍대 근처로 방을 구했다.

나는 홍대의 그런 모든 조건이 좋아서 상수역 근처에 작은 원룸을 얻어 낮에는 한 잡지사의 프리랜서 기자로, 밤에는 재즈클럽 웨이터로 일하며 먹고 살던 중이었다. 그러던 어느 날, 드디어 홍대에도 극장이 하나 새로 생긴다는 소식을 전해 들었다. 하자에서 만난 친구 바람이 개관 멤버로 합류해 오픈을 준비하고 있었고, 또 다른 친구도 극장에서 아르바이트로 일하게 되었다고 했다. 정식 개관 후 나도 몇 번인가 극장으로 놀러 갔다. 관객이 한 명도 없는 경우가 많아서, 갈 때마다 영화를 공짜로 얻어보기 민망해 아르바이트하던 친구와 시시껄렁한 농담을 주고받다가 돌아오는 날이 더 많았다. 1년쯤 되었을 무렵인가? 극장 직원을 새로 채용할 예정이라며, 혹시 지원해 볼 생각이 없냐는 제안을 받았다. 곧 <헤드윅>의 존 카메론 미첼이 내한해 극장을 방문할 거란 소식도 미끼로 함께 던져졌다. 정식으로 직장을 갖고 싶은 마음은 크게 없던 때였지만, 극장이라면 한 번쯤 일해보고 싶다는 생각이 들었다. 일단 집에서 걸어 다닐 수도 있었고. 그렇게 2008년, 상상마당시네마에서 처음 일하게 됐다.

내가 극장에서 처음 맡은 일은 하우스매니저였다. 관객 응대부터 입퇴장 안내, 포스터나 전단 같은 선재물 관리까지 상영관 현장 업무를 전반적으로 담당하는 일이었다. 가벼운 마음으로 시작한 일이었지만 나는 금방 이 일이 마음에 쏙 들었다. 극장에 영화를 보러 온 관객을 상대하는 모든 과정이 즐거웠던 것이다. 일은 대개 이런 식이었다. 상영 시작 전 극장 안의 상태를 체크한다. 이상 없음! 상영관 문을 활짝 열어젖힌 후 입구에 똑바로 서서 외친다. "<무슨 영화> 입장 시작하겠습니다!" 사람들이 하나둘 다가오며 티켓을 내민다. 그럼 나는 재빠르게 티켓을 받아 들곤 드르륵! 경쾌한 소리를 내며 절취선을 잘라, 회수표만 챙긴 후 관객용 티켓을 건넨다. 관객이 많지 않아 여유가 있을 땐 티켓의 좌석번호를 확인하여 몇 번째 줄에 앉으면 된다든가, 어느 쪽으로 올라가면 더 가깝다든가 같은 말을 더하기도 했다. 그러는 동안에도 계속 시간을 체크해가며 "상영 5분 전입니다!", "상영 곧 시작합니다!"라고 외치며 입장을 재촉한다. 극장의 트레일러가 스크린에 영사되는 걸 확인하면, 한쪽 문만 닫은 채 문 안쪽에 달린 커튼을 쳐서 상영관 안으로 로비의 빛이 들어가지 않게 가려준다. 혹시라도 추가 입장이나 중도 퇴장 관객이 있을 때 조금이라도 극장 안에 빛이 들어가지 않도록 설치된 커튼이다. 트레일러가 끝나면, 그 순간에 맞춰 경건한 마음으로 나머지 한쪽 문을 마저 닫는다. 그럴 때면 마치 영화라는 새로운 세상에 바깥이라는 현실이 침투할 수 없도록 또 한 번 봉합하는 것만 같은 쾌감이 들었다. 육중한 극장의 문을 닫는 행위는 그곳이 어디든 잘 다녀오라는 무언의 인사였다. 나는 그게 너무 행복해서, 더 이상 현장 업무를 하지 않았던 사무실 시절에도 매진 사례가 나거나 행사가 있어 관객이 많은 날이면 꼭 극장에 내려와 문 앞에 서길 좋아했다. ("안녕하세요!")(드르륵! 드르륵!) 냉난방기를 돌려야 하는 계절에 관객이 가득 차면, 극장 안의 압력이 올라가 상영관 문이 꽉 닫히지 않는 때가 더러 있었다. 그 무거운 문이 사람들과 냉난방기가 내뿜는 기운에 밀려 헬렐레 열릴 때에는 극장이 꼭 코끼리 같다는 생각을 하기도 했다. 콧김을 킁 킁 뿜으며 홍대 앞 지하 세계를 힘차게 걸어가는 코끼리. 내가 확인한 바에 의하면 확실히 극장은 살아 숨 쉬고 있었다.

물론 재미만 있었던 건 아니다. '상영 시

작 15분 후 입장 불가'라는 제한 사항을 지키지 못한 관객들과의 실랑이가 고충의 대부분이었다. 술에 얼큰하게 취해 늦게 도착해서는 입장 불가를 고지하는 내 멱살을 잡은 관객이 있었는가 하면, 극장에 들여보내 달라며 별안간 극장 로비에서 무릎을 꿇고 비는 바람에 직원 모두를 곤혹스럽게 한 관객도 있었다. 이런 일들에 지칠 때면 퇴근 후 근처 멀티플렉스에 가서 블록버스터 영화를 보며 기분을 풀었다. 특히 신촌에 있는 메가박스가 좋았다. 1관의 시원시원한 시네마스코프 스크린은 언제나 날 안심시켰다. 무슨 문제인지 다른 층의 상점들이 늘 비어 있어 유령의 집 같은 건물이었는데, 어딘가 흉흉한 건물과 그곳 꼭대기 층에서 보는 영화는 제법 잘 어울리는 조합이었다. 멀티플렉스 체인들에서 점점 신경 쓰지 않는 화면비도 정확하게 마스킹을 맞춰 지켜주는 고마운 극장이었다.

상영관 현장 업무를 거쳐 사무실로 옮기게 되었을 때는 또 다른 재미가 기다리고 있었다. 프로그래머라는 업무의 특성상 개봉을 앞둔 영화들을 극장이 아닌 DVD나 스트리밍 링크로 봐야 하는 건 무척이나 고역이었지만, 영화와 영화를 연결하고 또 관객들에게 소개하는 일은 정말이지 짜릿했다. 극장에 걸릴 영화를 고르고 상영 시간표를 짜는 건 어쩌면 파티에서 디제이가 음악을 트는 것과 비슷하다고 생각하기도 했다. 모르긴 몰라도 일주일 내내 온종일을 극장에 앉아 있을 관객은 없을 테지만, 나는 그 가상의 관객을 상상하면서 엑셀 파일을 열어 윤가은과 고레에다 히로카즈를 잇기도 하고, 홍상수와 요르고스 란티모스를 짝지으며 한 주의 상영 시간표를 짰다. 독립예술영화의 개봉작들도 부쩍 늘어서, 한 극장에서 한 편의 영화만을 개봉하는 시대는 아니었다. 매주 새로운 영화들이 개봉하는 가운데, 또 기존 상영작 중 계속해서 이어가고 싶은 작품이 있으면, 77석 작은 극장의 상영작이 10편이나 되는 때도 있었다.

극장 시간표를 짜는 일은 누가 찾아올지 모르는 약속을 미리 정하는 일이기도 했다. 약속된 시간과 장소에 많은 사람이 찾아오면, 나를 보러 온 것도 아닌데 그렇게 기쁠 수가 없었다. 일요일 저녁의 마지막 회차는 우리 극장에서 대체로 관객이 붐비는 시간대는 아니었다. 그래서 가능한 한 오래도록 소개하고 싶은 작품이 있다면 일요일 마지막 회차 상영으로나마 숨을 이어가게 했다. 하모니 코린의 <스프링 브레이커스>나 미아 한센 러브의 <에덴>, 안드레아 아놀드의 <아메리칸 허니> 등 어쩐지 일요일 저녁의 쓸쓸함을 닮은 영화들이 멤버였는데, 관객들에게 가장 호응이 좋았던 일요일의 멤버는 <캐롤>과 <라라랜드>였다. 2016년 2월 개봉한 <캐롤>은 평일 낮에도 객석이 거의 다 찰 만큼 관객들이 많이 찾아준 영화다. 나도 그 시기에 틈만 나면 극장에 내려가 리듬에 맞춰 신나게 티켓을 잘랐다. (드르륵! 드르륵!) 보아하니 쉽게 사그라들지 않을 것 같은 영화의 열기를 최대한 오래 덥혀 주고 싶었다. 달력을 넘겨보니 마침 그해의 크리스마스가 일요일이었다. 나는 2016년 크리스마스를 우리 극장에서의 <캐롤> 종영일로 결정했다. 그렇게 개봉 후 10개월을 훌쩍 넘길 때까지 매주 일요일 마지막 상영은 <캐롤>이 되었고, <캐롤>은 마지막의 마지막 상영까지 매진을 기록했다. (종영일엔 영화 속 "경영진의 선물"을 패러디해, <캐롤> 로고가 적힌 산타 모자를 제작해 극장 입구에서 관객들에게 나눠주기도 했다.) 2016년 12월 개봉한 <라라랜드>는 관객들이 알아서 극장 홍보를 대신해 준 영화였다. 사운드와 화면비까지 세심하게 신경 써준 영사팀의 노력을 관객들이 바로 알아봐 준 것이다. <라라랜드>는 사계절이 담긴 영화이니, 1년 내내 극장에 걸려있으면 좋을 것 같았다. 계절마다 그 감상이 다를 테니까. 그렇게 <라라랜드>는 미아와 세바스찬의 사계절을 따라가며 꼬박 1년 동안 일요일 저녁에 상영되었다. 그런 시도를 할 수 있었던 데에는 프로그래밍을 하면서 꼭 지키고 싶었던 한 가지, 상영을 결정했다면 그 영화가 가장 마지막까지 상영되는 극장이 되고 싶었던 마음도 있었다. 이런 저런 상황들로 모든 작품의 마지막 극장이 될 순 없었지만, 그게 77석의 작은 극장이 영화와 관객들에게 보낼 수 있는 가장 큰 존경과 애정이라고 믿었다.

2013년 리움미술관에서 히로시 스기모토의 전시를 보고 '극장' 연작 시리즈가 너무 좋아서 사진엽서를 몇 장 사왔었다. 그날로 곧장 사무실 책상 옆엔 1978년에 촬영된 필라델피아 샘 에릭 극장의 사진엽서를 붙여두고, 사무실 PC의 바탕화면은 1993년 촬영된 카탈리나섬의 아발론 극장 사진으로 교체했다. 히로시 스기모토가 뉴욕으로 건너가자마자 촬영한 초기 작업인 '극장' 연작은 어떻게 보면 아주 단순한 콘셉트다. 극장에서 영화 한 편이 상영되는 시간 동안 노출을 열고 한 장의 사진을 찍는다면? 당연히 빛만 남게 된다. 수많은 사건과 인물이 등장했을 한 편의 영화가 스크린 위에서 오직 빛으로만 남게 될 때, 어둠에 묻혀있던 극장의 모습이 사진에 고스란히 나타나는 게 어쩐지 뭉클했다. 그래서 언제나 나와 가장 가까운 위치에 히로시 스기모토가 촬영한 근사한 구식 극장을 붙여두고 그 안의 빛을 신전처럼 여기며 바라보았다. 히로시 스기모토의 '극장' 연작은 시대별로 어떤 패턴이 보인다. 1970~80년대 촬영한 사진들에선 아르데코풍의 화려한 디자인과 압도적인 스케일을 자랑하는 대형 극장들이 주를 이룬다. 1990년대 들어서는 멀티플렉스 등장과 함께 효율적인 디자인의 극장 모습이 사진 위로 떠 오른다. 야외에 설치된 자동차 전용 극장들을 촬영한 것도 1990년대였다. 히로시 스기모토는 1976년 이스트빌리지의 세인트 마크 극장에서 진행한 첫 테스트 촬영 이후 계속해서 '극장' 연작을 작업했는데, 2010년대 이후로는 주로 파괴됐거나 상영을 멈춘 대형 극장들을 촬영했다. 그리고 자신의 작업을 "잔상들이 엄청나게 축적된 잔상. It was the afterimage of a great accumulation of afterimages."[5]이라고 표현하며, '빛의 과잉이 무지의 어둠을 밝히고 있었다'고 설명했다.

나는 오래도록 극장의 어둠 속으로 기어들어가 빛이 부리는 두 시간여의 마법에 빠져버리는 걸 좋아했다. 그걸 10년 넘게 밥벌이로 삼

5 「HIROSHI SUGIMOTO : THEATERS」 Damiani and Matsumoto Editions

기까지 했으니, 이런 행운도 없다 싶다. 극장 일을 하면 할수록 자연스레 오래되었거나 사라진 극장들에 대해서도 더 관심을 갖게 되었다. 전국 어딜 가나 비슷한 인테리어와 일정한 수준의 상영 환경으로 영화를 볼 수 있게 된 건 축복이기도 했지만 동시에 재앙처럼 느껴졌다. 고유한 역사와 특유의 분위기가 있고, 하물며 냄새마저도 제각각이었던 극장들이 점점 더 보고 싶었다. 설령 지금은 거기에 아무것도 남아있지 않더라도 꼭 한 번은 극장이 있던 자리에 서고 싶었다. 그렇게 나는 훌쩍 여행을 떠난 어딘가의 거리에서, 마주치는 누군가에게 곧잘 이렇게 묻곤 하는 사람이 되어 있었다. "실례지만 혹시 이 근처에 오래된 극장이 있었을까요?"

Ⓒinema Ⓐnd Ⓣheater

Ⓒ 〈캐롤 Carol〉(2016년 2월 4일 개봉)
Ⓒ 〈라라랜드 La La Land〉(2016년 12월 7일 개봉)

Ⓣ 상상마당시네마
2007년 개관~상영 중
서울특별시 마포구 어울마당로 65 지하 4층

해안가의 극장들

"바다. 한 잔의 소주와 같은 바다였다."[6] 심상대가 1990년 발표한 소설 「묵호를 아는가」의 그 바다가 항상 궁금했다. 까마귀 떼가 몰려든 검은 바다를 보고 지어졌다는 묵호(墨湖) 지명의 유래도 왠지 마음을 끌었다. 그렇게 묵호역에 내린 날이었다. 굴다리를 지나자 곧 발한삼거리가 나왔다. 작은 어촌 마을의 분위기 속에 오래된 술집 간판들이 유난히 눈에 띄었다. 부둣가와 어시장의 활기찬 기운을 통과해, 비탈길 위로 빽빽하게 늘어선 집들을 지나 등대로 향했다. 논골담길 언덕을 올라 등대에서 바라본 묵호의 바다는 가히 한 잔의 소주처럼 알싸해, 조금은 오싹하기까지 했다.

묵호의 황금기는 동해에서 제일가는 무역항으로 이름을 날리던 1960~1970년대였다. 명태와 오징어, 시멘트와 석탄을 실어 나르기 위해 외항 선원들과 전국의 화주들이 항구로 몰려들었다. 일자리를 찾아 묵호로 온 사람들은 등대로

6 「묵호를 아는가」 심상대 지음, 문학동네

향하는 비탈길 위에 집을 짓고 살기 시작했다. 일찍이 OK백화점과 보림백화점, 보영백화점까지 백화점이 세 곳이나 되었고, 밀수로 들여온 일제 라디오와 화장품을 파는 양품점, 은어 튀김과 털게를 안주로 내던 고급 요정들도 성업했다. 오징어 냄새가 진동하는 부둣가를 중심으로 얼음 공장과 목재소가 바삐 움직이고, 다방, 카바레, 스탠드바까지 낮과 밤으로 묵호에는 돈이 몰려들었다. 술과 바람의 도시 묵호의 오래된 농담이 있다. "묵호에 가면 거리의 개도 만 원짜리를 물고 다니더라." (묵호 중앙시장에는 만 원짜리를 물고 있는 개의 동상이 세워져 있다. 진짜다.) 이 끈적끈적한 항구에 극장이 있었을 거라고는 생각지 못했는데, 장칼국수를 먹으러 간 식당에서 사장님과 대화를 나누다가 묵호에 극장이 여럿 있었다는 놀라운 이야길 들었다. "내가 묵호에 온 지 45년인가 됐는데, 여기 도착한 다음 날 묵호극장에 불이 났어요. 동네가 야단이었지. 듣기로는 여기에서 제일 큰 극장이었다는데…. 아! 보영극장은 1990년대까진 있었어요.

지금은 아무것도 없지. 영화 보시게? 동해 천곡으로 나가믄 롯데시넨지 뭔지가 있을 거예요."

칼국숫집을 나와 물어물어 찾아간 묵호극장 자리는 공터로 남아있었다.

부둣가 가까이 자리 잡았던 묵호극장은 1978년 화재로 전소되기까지 묵호를 대표하는 극장으로 명성을 날렸다. 목재소를 소유한 사장이 운영하던 묵호극장은 나무 톱밥을 난방용 연료로 사용했는데, 날이 추우면 관객들이 톱밥을 연통에 계속 던져 넣는 바람에 크고 작은 화재가 자주 일어났다고 한다. 묵호극장 외에도 보영극장, 문화극장, 동호극장까지 묵호에는 무려 4곳의 극장에서 필름이 돌아갔다. 보영극장은 건물이 그대로 남아있었다. 묵호극장 터에서 조금 떨어진 위치에 있었는데, 폐관 후 한때 교회로 쓰이다가 그마저도 문을 닫은 것 같았다. (그 후 보영극장 건물은 2024년에 완전히 철거되었다.) 보영극장 건물 근처엔 '도로시의 정원'이라는 카페가 있었다. 카페 외벽에는 묵호 등대에서 촬영된 영화 <미워도 다시 한번>의 그림 간판이 큼지

막하게 걸려있었다. 간판엔 '묵호극장 8월 20일부터 대개봉'이라고 적혀있는데, 서울 국도극장의 개봉일이 1968년 7월 16일임을 감안하면 실제 묵호극장의 개봉일이었을 가능성이 크다. 당시 묵호의 극장들은 서울에서부터 기차로 실려온 필름을 받기도 했고, 춘천이나 원주의 극장들에서 상영을 마친 필름이 들어오기도 했다. '도로시의 정원'에서는 카페 이름에 걸맞게 <오즈의 마법사> 관련 소품들부터 다양한 피규어, VHS, 영화 포스터와 스틸 등의 소장품을 구경할 수 있었다. 묵호 출신으로 카페를 운영하는 김태훈 씨는 이 지역의 생활사를 비롯해 만화, 영화, 극장 등 다양한 분야의 수집가로 알려져 있는데, 2024년 2월엔 묵호 검역소 건물을 리모델링한 발한지구 도시재생지원센터에서 만화영화와 관련된 100여 점의 소장품을 공개하기도 했다. 언젠가는 개도 만 원짜리를 물고 다니던 시절 묵호 지역 극장들의 자료를 관람할 수 있는 날이 있을지도 모르겠다.

나는 친구 우주인과 함께 동해안 자전거

일주를 하게 된 참이었다. 묵호에서 출발해 강릉과 양양을 거쳐 속초까지 가는 짧다면 짧고 길다면 긴 여정이었다. 묵호의 알싸한 바다를 지나 어달, 대진, 망상까지 원 없이 바다를 보며 자전거 페달을 밟았다. 옥계에서는 갑자기 소나기가 쏟아져 방향을 헤맸는데, 그러다 나온 금진해변과 이어지는 바다부채길은 그야말로 장관이었다. 바다를 향해 굽이굽이 부채처럼 펼쳐진 해안가는 정말 아름다웠다. 고난도 펼쳐졌다. 심곡에서 정동진을 가려면 구불구불한 언덕을 넘어야 했다. 중간에 몇 번인가 포기할까도 했지만 자전거를 질질 끌다시피 하면서 겨우 고개를 넘었다. 가파른 내리막길을 씽 하고 달려가자 정동진의 영화전문서점 '이스트 씨네'가 있었다. 멋들어진 간판부터 영화관 의자를 가져다 놓은 내부까지, 꼭 작은 극장 안에 들어온 것처럼 금세 편안한 기분이 들었다. 그날 자전거로 고개를 넘어 영화 책들에 둘러싸인 채로 마신 차가운 커피는 정말 잊을 수 없는 맛이었다. 정동진에서 1박을 하기 위해 강릉 시내로 진입하는 길도 만만치 않았다.

오르막에서는 몇 번인가 대자로 뻗어버렸지만 이번에도 어떻게든 도착하고야 말았다.

강릉에선 1956년 강릉극장을 시작으로, 1961년 시민관, 1965년 동명극장이 차례로 문을 열었다. 그리고 신영극장이 등장했다. 1965년 개관 후 강릉을 대표하는 개봉관으로 20년 넘게 운영되던 신영극장은 1990년 1월 무려 1미터 30센티 넘게 내린 기록적인 폭설로 극장 지붕이 완전히 내려앉았다. 극장이 무너진 바로 그 자리에, 1991년 빌딩을 올리면서 4층에 상영관 2개를 만들어 재개장을 하였다. 신영극장은 1990년대에도 강릉 최고의 개봉관이자, 대체 불가의 약속장소로 강릉 시민들에게 사랑을 받았지만, 멀티플렉스 등장에 고전하다가 2009년 결국 운영을 멈추고 말았다. 그러나 강릉씨네마떼끄 회원들을 중심으로 강릉 시민들의 힘을 모아 2012년부터 2개 관중 1개 관을 독립예술극장 신영으로 운영하고 있다. 홍상수 감독의 2017년 작 <밤의 해변에서 혼자>에서 영희(김민희)가 앉아 영화를 보는 극장이 바로 신영극장이다. 그러고 보면 홍상수는 데뷔작 <돼지가 우물에 빠진 날>부터 작품 속에서 여러 극장의 모습을 담았다. <돼지가 우물에 빠진 날>에서는 매표원으로 일하는 민재(조은숙)의 일터로 지금은 사라진 신림극장이 등장한다. 2005년 작 <극장전>에서는 시네코아의 모습을, 2010년 작 <옥희의 영화>에서는 상상마당시네마의 모습을 확인할 수 있다. <밤의 해변에서 혼자> 이후로도 <도망친 여자> 속 에무시네마, <소설가의 영화>의 라이카시네마까지 꾸준히 극장의 모습을 자신의 작품 안에 담고 있다. (수원 행궁동 일대에서 촬영된 <지금은맞고그때는틀리다> 속 극장 장면은 수원 화성박물관 내에 있는 영상교육실에서 찍었다.) 신영극장 옆에는 롯데리아극장이라는 재미난 이름의 극장도 있었다. 1979년 시작된 한국 최초의 햄버거 프랜차이즈 롯데리아가 1980년대 초 강릉에도 문을 열었다. 그 건물 뒤편으로 경일소극장이 운영 중이었는데, 한국 최초의 햄버거 프랜차이즈의 입점이 워낙 상징적이었는지 롯데리아극장으로 간판을 바꿔 달았다. 롯데리아 강릉점은 아직 그 자리에서 운영 중이었다. 포털 검색창에 길 안내를 검색했더니, '구 한전 앞 롯데리아극장 1층에 위치'라고 지금은 모두 사라진 곳들로 가리키고 있었다. 롯데리아극장은 신영극장과 더불어 1990년대까지 강릉 시내의 대표적인 개봉관으로 운영되었고, 2010년 폐관 전에는 강릉씨네마떼끄의 상영회나 독립영화 공동체 상영을 진행하기도 했다. 강릉에 롯데리아극장이 있었다면, 서울에는 롯데월드시네마가 있었다. 1989년 잠실 롯데월드 오픈과 함께 문을 연 극장이지만 현재 롯데시네마 체인의 전신은 아니었다. 극장 개관은 롯데의 호텔사업부에서 주관했던 것으로 알려져 있지만, 이후 새 주인으로 바뀌었다. 롯데월드 입구에 있던 롯데월드시네마는 상영관마다 주인이 달랐던 특이한 극장이기도 한데 롯데월드시네마 2관은 <최후의 증인>과 <뽕>을 연출한 이두용 감독이 주인이기도 했다. 롯데월드시네마는 2008년 폐관 후 롯데시네마가 인수해 롯데월드점으로 운영하다가 2014년 롯데시네마 월드타워점 오픈과 함께 폐관됐다.

강릉에서 양양으로 가는 길은 대체로 평탄했다. 한가로이 펼쳐지는 해안가를 눈에 가득 담으며 페달을 밟는 일은 전혀 힘들거나 지루하지 않았다. 양양엔 1980년대까지 양양극장이 있었으나 화재로 소실된 후로는 영화를 볼 수 있는 곳이 없었다. 다행히 2019년 문화체육관광부의 작은영화관 사업으로 시장 근처에 문을 연 양양작은영화관이 2개 관으로 관객들을 맞고 있었다. 또 쏠비치리조트 안에 선셋시네마라는 해변극장이 있어 바닷가에 앉아 영화를 보는 호사도 누릴 수 있다. 대개 5월에 시작해 10월까지 운영되는 선셋시네마는 쏠비치리조트 내 해변에서 최신 개봉작을 상영하는 야외극장이다. 관람료는 멀티플렉스 티켓 가격 정도이고, 리조트 투숙객이 아니어도 이용할 수 있지만, 최신 개봉작의 저작권 등의 문제로 무선 헤드폰을 쓴 채로만 영화의 사운드를 들어야 하는 점은 호불호가 있을 것 같았다. 적정한 수준의 주변 소음은 야외 상영의 묘미라 생각하는데, 다른 것도 아닌 파도 소리를 가까이 두고 헤드폰을 쓴 채로 영화를 보는 건 조금은 아쉽긴 했다.

자전거 여행을 함께 온 우주인과는 해안가 극장들과의 추억이 많다. 우리는 2001년 부산국제영화제를 처음 동행한 이후 몇 년 동안 가을이면 중요한 연례행사처럼 함께 남포동과 해운대 이곳저곳을 누볐다. 첫해에는 하루에 네 편씩 티켓을 끊고 짬짬이 부산극장 1층에 있던 맥도날드 햄버거나 충무김밥만 겨우 먹어가면서 숨이 차도록 영화를 보았다. 밤이 되어서야 한숨을 돌리고 자갈치시장에 나가 그날 본 영화 이야기를 나누며 꼼장어를 구워 먹을 수 있었다. 우리가 그해 영화제에서 가장 좋아한 영화는 남포동 대영시네마에서 본 허우 샤오시엔의 <밀레니엄 맘보>였다. 대영시네마는 합동영화사가 운영하는 극장이어선지 서울극장을 무척 닮아 친숙한 느낌이 드는 곳이었다. 그에 반해 맞은편 부산극장은 그 호쾌함이 이루 말할 수 없었는데, 특히 좌석 수가 1,414석이나 되었던 1관의 거대한 스크린은 마치 큰 파도 앞에 서 있는 기분이 들게 했다. 경사가 거의 없던 부산극장 1관 1층에서 영화를 볼 때면 고개를 잔뜩 꺾어 스크린을 우러러봐야 했다. (가로 17m x 세로 7.5m 사이즈였던 부산극장 1관의 스크린은 당시 국내에서 가장 큰 크기였다. 1934년 개관 후 6.25 전쟁 중에는 임시 국회의사당으로 쓰이기도 했던 부산극장은 현재 메가박스가 인수해 운영 중이지만 그 과정 중 전면 리모델링으로 예전의 시설 규모와 모습은 거의 찾아볼 수 없다.)

우주인은 티켓을 예매하는 태도부터 남달랐다. 2000년대 초반만 해도 영화제의 인터넷 예매 시스템이 불안정했기 때문에 모든 걸 운에 맡겨야 하는 상황이었다. 우주인은 운에 맡기기보다 부산은행 서울사무소에 줄을 서는 걸 택했다. 우주인은 몇 년이나 1등으로 티켓팅을 했다. 부산국제영화제 예매 시작 전날 밤마다 은행 앞에서 밤을 새우며 기다린 것이다. 2003년인가는 부산은행 서울사무소의 창구 직원이 "올해도 1등이시네요"라며 우주인의 노력을 인정한 적도 있다. 나도 두 번인가 함께 줄을 선 적이 있다. 은행에서 예매를 하게 되면 창구 직원과의 호흡이 무엇보다 중요했다. 암호 같은 상영 코드를 바로 바로 주고받으며, 2차 선택 영화에 대한 빠른 판단이 있어야 했고 그만큼 창구 직원의 손도 빠르게 상응해야 했다. 우주인의 노력을 인정한 창구 직원은 "제가 망치지 않도록 열심히 해보겠습니다"라고 의지를 불태우며 우주인이 원하는 모든 티켓을 발권해 주었다. 그랬던 우주인이 언제부턴가 영화보다는 자전거를 더 좋아하게 되었다. 덕분에 이렇게 생각지도 않았던 자전거 여행을 허벅지 터지도록 하고 있는 것이다.

이번 여행의 마지막 도착지인 속초. 속초 최초의 극장은 1954년 문을 연 속초극장으로 알려졌지만, 그에 앞선 1951년 속초 수복 이후에 한 퇴역 헌병 상사가 영랑동 바닷가에 지은 밀림극장을 최초로 보는 의견도 있다. 밀림극장은 영화 상영 외에도 그 무렵 속초로 이주해 다방을 운영하고 있던 인기 트로트 가수 고복수, 황금심 부부의 무대 공연을 자주 열었다고 한다. 이후 밀림극장은 건물이 헐렸고, 그 자리는 명태 덕장이 되었다. 1959년엔 수복탑 근처에 현대극장이 문을 열었다. 1960년대 후반 동보극장으로 이름을 바꾸고 동시상영관으로 명맥을 이어갔지만 1970년대 후반 폐관 후 카바레로 운영되었다. 현대/동보극장 자리는 오피스텔 건물로 바뀌어 있었다. 1962년 갯배 선착장 근처에 문을 연 제일극장은 1998년까지 속초를 대표하는 극장으로 이름을 떨쳤다. 폐관한 해에 바로 건물이 헐린 뒤 제일주차장이 되어, 현재까지 '제일'이라는 간판만은 유지하고 있었다. 1966년 개관해 1997년 폐관한 대원극장 자리는 썬라이즈호텔이 되어 있었다. 서울에도 극장 자리가 호텔로 바뀐 경우가 있는데 바로 을지로4가의 국도극장이다. 일제강점기 황금연예관, 황금좌 등의 이름으로 운영되던 극장 자리에 해방 후 1946년 문을 연 게 국도극장이다. 묵호 등대에서 촬영된 <미워도 다시 한번>을 비롯해, <별들의 고향>, <영자의 전성시대>, <고교얄개> 등 1960~1970년대에 걸쳐 수많은 한국영화 흥행작을 배출한 극장이었다. 그러나 1999년 서울시에서 근대건축물 문화재 재정에 관한 논의가 나왔고, 국도극장은 그해 연말

급하게 철거되었다. 그 자리엔 호텔 건물이 새로 들어섰다. (1936년 황금좌 시절 신축한 것으로 알려진 국도극장 건물은 르네상스 형식으로 지어진 대리석 건물로 여러 극장 중에서도 가장 건축적인 가치가 높았던 곳으로 꼽혔다.) 여기도 속초의 제일주차장처럼 '국도'란 간판만은 유지되어 현재 호텔국도로 영업 중이다. 속초의 극장들은 하나둘 사라져서 명태 덕장이 되었고, 카바레가 되었다가, 주차장이 되었으며, 바다가 내다보이는 호텔이 되기도 하였다. 해안가에서라면 모두 있을 법한 일들이었다.

ⒸinemaⒶndⓉheater

Ⓣ 강릉 신영극장

1965년 개관~2009년 영업 종료~2012년 독립예술극장 신영으로 재개관 ~상영 중

강원특별자치도 강릉시 경강로 2100 신영빌딩2 4층

Ⓣ 부산극장

1934년 개관(*연극 전용관으로 개관, 1937년부터 영화 상영)~1944년 개명(부산영화극장)~1946년 개명(향도극장)~1947년 개명 (부산극장)~2009년 개명(씨너스 부산극장)~2011년 개명(메가박스 부산극장)~상영 중

부산광역시 중구 비프광장로 36 4층

갑부 혹은 도둑놈

2017년 6월 19일 자 『중앙일보』 16면에 삽입된 광고 지면을 아직까지 곱게 접어서 보관하고 있다. 바로 봉준호 감독이 넷플릭스와 작업했던 <옥자>의 개봉 광고가 실린 지면이다. 당시 국내 스크린의 93%를 보유한 멀티플렉스 체인들이 OTT 플랫폼에서 제작한 <옥자>의 극장 개봉을 보이콧하며, '극장 영화'에 대한 갑론을박이 떠들썩하게 쏟아졌다. 이 과정 속에 탄생한 <옥자>의 신문 광고는 머리를 크게 한 대 치는 듯한 마케팅의 묘수였다. 극장 생태계가 무너진다는 우려 속에 터져 나온 멀티플렉스의 보이콧이, 가장 극장스러운 신문 광고를 낳았고, 결과적으로 그동안 잊혔던 지역/개인 극장의 이름들을 다시 수면 위로 띄운 것이다. 흑백 이미지에 "넷후릭스 오리지날", "옥자야 극장 가자!" 같은 복고풍의 카피를 올려 제작한 80년대식 신문 광고 하단에는 개봉관 이름들이 박스 형태로 채워져 있었다. 지면 광고에 인쇄된 <옥자>의 개봉관은 다음과 같다. (예전의 개봉 광고였다면 서울극장과 대한극장은 절대적으로 가장 큰 사이즈의 박스로 좌우 양 끝에 배치되어 있었겠지만, 21세기 나름의 형평성을 고려했는지 다른 주요 극장과 함께 동일한 크기의 박스로 처리되어 있었다.) 서울-대한극장, 서울극장, 씨네큐브, 청주-SFX, 인천-애관극장, 대구-MMC만경관, 전주-시네마타운, 부산-영화의전당, 울산-현대예술관. 나머지 64곳의 극장들은 박스 아래에 텍스트 형식으로 삽입됐다. 안타깝게도 그 극장 중 상당수는 현재 문을 닫았으니, <옥자>의 개봉은 사라진 극장들이 누린 마지막 전성기였을 것이다. 극장과 가장 멀다고 생각한 넷플릭스 작품이 역설적이게도 오래된 극장들의 존재를 되새겨준 기묘한 시간이었다. <옥자> 신문 광고의 극장 리스트는 앞으로도 2017년 무렵 한국의 극장 현황을 이해하기 위한 좋은 지표가 되어줄 것이다. 그리고 그 리스트는 나에게도 좋은 나침반이 되어주었다.

직장에서 새로 발령받은 곳은 충청도의 한 도시였다. 충청도는 어렸을 때 대전엑스포에 하루 구경 갔던 것 말고는 딱히 인연이나 왕래가 없던 곳이라 두려움과 기대감이 함께 있었다. 낯선 도시에 와서 처음 한 일은 이곳과 근처 도시를 돌아보며 극장을 찾아보는 것이었다. <옥자>의 광고 지면을 펼쳐봤다. 부여-금성, 부여-스타박스 두 개의 낯선 극장 이름이 적혀있었다.

스타벅스가 아닌 스타박스 극장은 부여국립박물관과 정림사지 사이에 위치해있었다. 정림사지 5층 석탑을 구경하고 부여국립박물관에선 백제금동대향로를 넋을 놓고 한참을 바라보았다. 역사 교과서의 표지로만 봤던 금동대향로는 세밀하게 표현된 실물 디테일이 압권이라 이후에도 몇 번인가 더 향로를 보러 다녀오곤 했다. 2017년경 개관한 것으로 알려진 스타박스 극장은 83석짜리 2개의 상영관을 운영 중이었다. 부여 중앙시장 인근에 위치한 금성시네마는 이보다 오랜 역사가 있는 곳이었다. 부여 금성시네마의 정확한 개관년도는 알 수 없었지만, 1978년 11월 20일 자 『경향신문』에 실린 김종필 전 총리가 부여 금성극장에서 열린 공화당 단합대회에 참석했다는 기사를 통해 1970년대 이미 개관한 것으로 추정할 수 있었다. 원래 185석 규모였던 극장은 2017년 전 좌석을 전동 리클라이너로 교체한 후 2개 관에 총 96석의 규모로 운영 중이다. 부여에 있는 두 곳의 영화관 스타박스와 금성시네마는 모두 아직까지 자율 좌석제를 고수하고 있는 극장들이었다.

논산의 극장 설립은 시내보다 오히려 포구가 있는 강경 쪽이 더 빨랐다. 1913년 문을 연 대정좌가 기록에 남아있고, 1928년 옥녀봉 아래에 문을 연 강경극장도 있었다. 1927년엔 논산 시내 시장으로 진입하는 길목에 공주 갑부 김갑순이 논산극장을 개관했다. 1951년 육군훈련소의 창설은 논산에도 많은 변화를 가져왔다. 신병 면회 제도 도입으로 주말이면 논산으로 연무로 사람들이 몰리던 때였다. 훈련소가 들어선 연무읍에 문을 연 성도극장에서는 각종 쇼와 영화 상영을 함께 즐길 수 있었다. 또 미군들의 체력단련장으로 쓰이던 곳을 극장으로 개조한 연무극장도 있었다. 시내 논산우체국 옆쪽으로는 중앙극장이 있었다. 폐관한 건물 지하에는 중앙다방

이 아직 운영 중이다. 공주 갑부 김갑순이 1927년 개관한 논산극장은 1984년 신축한 건물이 그대로 남아있었다. 논산극장은 논산시네마로 이름을 바꾸고 5개 관의 상영관을 운영했지만(역시 2017년 <옥자>의 개봉관이기도 했다) 2020년 멀티플렉스 체인 두 곳이 거의 동시에 논산에 문을 열면서 폐관했다. 현재는 논산시네마가 있던 자리에 키즈카페가 운영 중이다. 내부는 극장의 흔적을 찾기 어려울 만큼 아이들의 놀이시설로 가득했지만, 4층에서 5층으로 올라가는 계단에 35밀리 필름을 형상화한 구조물이 이곳이 한때 극장이었다는 사실을 증거로 남겨두고 있었다.

공주 갑부 김갑순은 1910년대 초 공주에도 극장을 세웠다. 중동에 세운 금강관이다. 금강관은 1931년 공주 시장(김갑순이 전체 부지를 소유하고 있었다)에 난 큰 불로 전소된 뒤 1932년 공주극장으로 다시 문을 열었다. 반죽동에 세워진 공주극장은 이후 아카데미극장으로 이름을 바꾸고 1995년까지 운영되었는데, 폐관 후에는 1999년까지 계룡문화회관이란 이름의 상설 공연장으로 쓰이다가 20여 년의 시간 동안 중동 골목에 방치되어 있었다. 2022년에는 전면 철거가 결정되어 '아카데미극장 이별식' 행사까지 대대적으로 열었는데, 이별식 후 갑자기 건물의 전면부 부분은 보존하기로 했다는 반가운 소식이 들렸다. 1층 매표소와 2층 영사실이 있는 건물의 전면부는 보존하고, 객석이 자리했던 후면부는 철거 후 새로운 문화시설을 만들 예정이라고 한다. 일부 공간만을 남기게 되는 극장 보존의 새로운 사례를 조만간 공주에서 볼 수 있을지도 모르겠다. 공주의 또 다른 단관 극장으로 1967년 문을 연 호서극장도 건물이 그대로 남아있었다. 1995년 폐관 후엔 학용품을 파는 상점으로 운영됐는지 학생백화점 간판이 달려있었지만 그것도 이미 오래전에 폐업한 것 같았다. 2020년엔 김홍정 작가가 공주의 원도심과 호서극장을 중심으로 펼쳐지는 연작 소설집 『호서극장』을 발표하기도 했다. 호서극장의 간판 주임 박광두와 형편이 어려워 공주로 이사 온 화가 박 교수의 이야기를 비롯해 쥐가 들끓던 1970~80년대

극장 풍경과 주변 인물들의 이야기가 담겨있다.

부여와 논산, 공주, 그리고 내가 이곳에서 독립예술영화를 보려면 기차를 타고 30분을 가야 하는 대전까지, 도시와 극장들을 둘러보다 보니 연결되는 한 인물이 있었다. 바로 충청도 제일가는 갑부이자 우리나라 최고의 땅 부자로 알려진 김갑순이다. 1872년 공주 태생의 김갑순은 10대 때 공주 감영에서 사또의 요강을 청소하는 관노로 일을 시작했다고 전해진다. 타고난 처세술을 발휘해 1902년 부여 군수를 시작으로, 현재는 논산시로 편입된 노성 군수 외에도 자신의 고향인 공주에서는 두 번이나 군수로 재직했다. 김갑순은 관직 생활 중 친일 행각으로 얻어낸 정보를 바탕으로 막대한 부를 쌓았는데, 특히 1900년대 초 경부선 철도 개통으로 대전역이 신설된다는 정보에 당시 황무지나 다름없던 대전 땅을 헐값에 무더기로 매입했던 것이 결정적이었다. 관직 생활 후에는 비축해 둔 부동산을 운용하며 버스 운수업, 공주극장과 논산극장 같은 흥행업, 그리고 온천 개발 등의 사업에도 뛰어들었다. 그가 한 때 공주, 논산, 대전에 소유한 땅은 1천만 평 이상으로 당시 대전 땅의 40%가 김갑순의 땅이었다. 그가 서울이라도 가게 되면 "절반은 남의 땅을, 절반은 자기 땅을 밟고 갔다"는 일화는 전설처럼 남아있다. 1932년 충청남도청이 공주에서 대전으로 이전하면서 그는 마침내 거부가 될 수 있었다. (김갑순의 로비가 청사 이전의 결정적인 계기가 됐다고 알려진 대전 옛 충청남도청 건물은 대전근현대사전시관으로 남아있다. 김갑순은 처세술을 발휘해 자신이 소유한 수많은 대전 땅과 달리 도청 부지는 나라에 무상으로 기증했다. 스스로 대전 근현대사를 상징하는 그 건물은 <서울의 봄>, <변호인>, <미스터 선샤인> 등 한국의 근현대사를 배경으로 한 많은 영화와 드라마가 촬영된 곳이기도 하다. 한편 청사 이전에 대한 보상의 의미로 공주에는 1933년 다리가 하나 세워지는데, 2024년 방영한 tvN 드라마 <선재 업고 튀어>에서 인상적인 장면으로 등장하는 공주 금강철교가 바로 그것이다.) 그는 대전 땅의 부흥을 염원하며 대전에서도 극장을 운영했

다. 1933년 대흥동에 문을 연 경심관이다. 경심관은 해방 이후엔 대전극장으로 운영되다가 문을 닫았지만 여전히 극장이 있던 대흥동 골목은 대전극장통으로 불린다. (1935년 중동에 개관한 동명의 대전극장은 해방 이후 시공관, 중앙극장으로 이름을 바꿔 2005년까지 운영된 극장으로 별개의 시설이다.) 김갑순은 이 밖에도 대전 유성온천의 개발에 참여한 인물이기도 하다. 2024년 3월, 100년이 넘는 역사를 뒤로하고 폐업한 유성호텔의 문을 연 것이 바로 그였다. 유성호텔의 전신인 유성온천호텔 자리에 조성된 온천수공원엔 김갑순의 공덕을 기리는 비석이 세워져 있다. 부동산과 투기로 막대한 부를 축적한 그의 인생사는 1982년 MBC에서 <거부실록-공주갑부 김갑순>이란 22부작 드라마로 방영되어 큰 인기를 끌기도 했다. 공교롭게도 극장과 온천욕을 무척이나 좋아하는 나로서는 참 복잡하고 미묘한 마음이 드는 인생사인데, 그가 평생을 입버릇처럼 달고 살았던 말은 더욱 공교롭게도 "민나도로보데스 みんな泥棒です!"(죄다 도둑놈들이야!) 였다나 뭐라나.

Ⓒinema Ⓐnd Ⓣheater

Ⓒ 〈옥자 Okja〉(2017년 6월 29일 개봉)

Ⓣ 논산극장

1927년 개관(논산극장)~2000년대 개명(논산시네마5)~2020년 폐관

Ⓣ 공주극장

1910년대초 개관(금강관)~1932년 개명(공주극장)~1970년대 개명(공주아카데미극장)~1995년 개명(계룡문화회관 *상설 공연장)~1999년 폐관

원주엔 돈가스 여행을 간 적이 있다. 심심할 때면 늘 하던 것처럼 지도 앱을 열고 아무 도시나 선택한 후 원도심 지역을 확대해서 살펴보던 중이었다. 원주 원도심의 거리와 상호들을 이리저리 둘러보다가 시장 안쪽에 '돈가스 골목'이라고 애틋하게 적혀있는 걸 본 순간 위장과 마음이 훅 동한 것이다. 그렇게 갑자기 돈가스를 먹으러 원주로 떠난 날이었다. 중앙시장과 연결된 자유시장 지하에 옹기종기 돈가스집들과 분식집들이 모여있었다. '아무리찾아도찾기힘든집'이라는 이름의 가게를 용케도 찾아 쫄면이 곁들여 나오는 치즈돈가스를 시켜 먹었다.

원주는 원도심을 관통하는 도로가 일방통행인 게 무척이나 독특한 도시였다. 6.25 전쟁으로 무너진 원주의 시가지는 미군의 주도하에 세 갈래로 재편됐는데, 각각 군의 무전 통신에서 쓰이는 알파Alpha, 브라보Bravo, 찰리Charlie에서 따온 A 도로, B 도로, C 도로로 불렸다고 한다. 그중 B 도로인 중앙로는 차 없는 거리가 시행 중이었고, 중앙로를 감싸고 있는 A 도로(원일로)와 C 도로

(평원로)가 일방통행으로만 차량이 운행되고 있었다. 그 중 C 도로는 한때 원주의 극장들이 대거 몰려있던 거리로, 이에 원주의 영화 애호가들은 시네마Cinema로드라고 칭하기도 했다. 이제 C 도로에 영화를 상영하는 극장은 없었지만 아카데미극장만은 건물이 그대로 남아있었다. 극장 안에 한 번 들어가 보고 싶었지만 문은 굳게 닫혀 있었다. 2006년 폐관 당시 마지막 상영작이었는지 김하늘과 권상우가 출연했던 영화 <청춘만화>의 포스터가 빛바랜 채로 유리창에 붙어있었다. 아쉬움을 뒤로하고 9석의 단출한 좌석으로 주로 단편영화를 상영하는 고씨네를 방문했다. 마침 영화 상영이 없는 날이었지만 직원분의 친절한 안내로 극장 내부를 둘러볼 수 있었다. 그리고 고씨네 아래층에 붙어있는 독립서점 오후대책에서 원주 아카데미극장의 소식이 실린 홍보물을 발견했다. 곧 아카데미극장의 문을 열고 직접 견학할 수 있는 프로그램이 열릴 거라는 반가운 소식이었다. 나는 프로그램 신청일을 기다렸다가 아카데미극장 이곳저곳의 모습을 확인할 수

있을 것 같아 건축 투어로 참가 신청을 했다. 이미 오래전 문을 닫은 극장의 건축 투어를 진행하다니 벌써부터 원주 시민들의 극장에 대한 엄청난 자부심과 애정이 느껴져 뭉클했다.

원주에는 군부대 지역에서 살았던 사람들이 아니라면 다소 생소할 군인극장이 A 도로에 1956년 문을 열었다. 군인극장은 6.25 전쟁 이후 군인들의 사기 진작을 위해 경기도와 강원도 일대 군부대 주둔 지역에서 국방부가 직접 운영했던 극장이다. 1959년 국방부가 대대적인 군인극장 설립 계획을 발표했는데, 이미 1956년 개관했던 원주 군인극장은 최초의 사례로도 알려져 있다. 이는 6.25 전쟁 중 육군 제1군의 총사령부가 주둔했던 곳이 바로 원주였기 때문이었다. 김지하 시인의 아버지가 원주 군인극장의 개관부터 영사 주임으로 근무하기도 했다. (그는 이후에 서울 혜화동에 있던 명륜극장에서 영사기사로 일했다. 1964년 개관한 명륜극장은 1977년 폐관 후 1979년부터 극장식 카바레 명륜회관으로 운영되었다. 현재 CGV 대학로 자리다.) 군인들을 위해 만들어진 극장 시설이었지만, 일반 시민들도 저렴한 티켓 가격으로 영화를 감상할 수 있는 곳이었다. 원주 군인극장은 1996년 철거 후 현재는 원주시 보건소와 평생학습원, 원주영상미디어센터 등이 함께 사용하는 거대한 건물이 되어있었다. 원주극장은 1945년 개관했다. 1952년 화재로 전소 후 1954년 원주시민관으로 재개관하였다가 1956년 다시 원주극장으로 돌아왔다. 1962년엔 시공관이, 1963년엔 아카데미극장이, 1967년엔 문화극장이 문을 열었다. 모두 C 도로에 꼬리를 물듯 자리를 잡았고, 이 네 곳 극장의 주인은 영사기사 출신의 정운학이었다. 네 곳의 극장은 시네마 로드의 명성이 무색하지 않게 많은 원주 시민들과 함께 영화로운 시절을 보냈다. 그러나 다른 지역들과 마찬가지로 2005년 원주에 롯데시네마가 7개 관으로 영업을 시작하자, 다음 해인 2006년 원주극장, 시공관, 문화극장, 아카데미극장이 모두 문을 닫고 말았다. 그 후 원주극장, 시공관, 문화극장은 차례로 건물이 철거되었지만, 아카데미극장만은 거기에 그대로 자리하고 있었다. 2016년 원주 시민들의 아카데미극장 보존을 위한 활동이 본격화되어 '아카데미로의 초대'행사가 진행되었다. 이후 여러 활동가와 시민들, 원주시, 그리고 극장 소유주 간의 다양한 논의를 거쳐 2020년엔 '안녕 아카데미' 프로그램을 통해 다시 극장 문을 열 수 있게 된 것이다.

활짝 열린 문을 지나 아카데미극장 안으로 들어갔다. 투어 시작 전에 먼저 좀 둘러볼까 싶어서 30분 정도 일찍 도착했다. 이번 프로그램을 위해 여러 원주 시민들이 직접 참여해 아카데미극장의 묵은 먼지를 털고 손님맞이 청소를 했다고 한다. 사람의 손길을 타서인지 폐극장의 으스스함은 느껴지지 않았다. 오히려 지금 당장 영화를 상영해도 어색하지 않을 극장의 모습이었다. 널찍한 매표소 안엔 온돌이 깔려 있었고, 우리나라에 처음으로 진출한 직배사 UIP코리아가 개봉예정작 라인업으로 만든 1989년 탁상달력이 올려져 있었다. 상영관 안에서는 공연의 리허설이 진행 중인 것 같았다. 상영관 내부는 밖에서 예상한 것보다도 더 큰 규모의 대극장이었다.

1층 객석은 2000년대 들어 교체한 듯한 천 시트의 의자가 있었고, 2층 객석은 붉은색의 오래된 '레자' 시트가 그대로 남아있었다. 원주 아카데미극장의 내부는 신수원 감독의 2022년 작 <오마주> 에서도 볼 수 있는데, 특히 마지막 장면에는 아카데미극장의 낡은 스크린과 오후의 햇빛이 만들어낸 마법 같은 순간이 등장한다. 원주 근현대 건축물의 전문가로 알려진 서교하 건축사의 해설로 진행된 극장 투어는 정말 유익한 시간이었다. 상영관부터 로비, 매표소, 영사실, 극장주가 공간을 내어준 이북5도민회 사무실 등 극장 이곳저곳을 돌며 극장의 역사와 건축에 대한 자세한 설명을 들을 수 있었다. 투어의 백미는 극장에 연결된 살림집이었다. 아니 웬 극장 안에 집이? 기다란 수조가 있는 극장의 옆문으로 나가면 작은 정원이 보이고(정원 담벼락 너머 집에는 아카데미극장의 그림 간판을 책임진 초대 미술부장이 살았다고 한다), 거기에서 계단을 타고 올라가면 극장 2층에 접붙인 듯 달린 살림집이 나타났다. 바로 아카데미극장을 비롯해 원주

극장, 시공관, 문화극장까지 원주의 단관 극장 네 곳을 모두 운영했던 극장주 정운학의 살림집이었다. 황해도 해주 태생으로 해주극장을 시작으로, 안악, 개성 등지에서 영사기사로 일했던 정운학은 월남 이후 극장을 운영하는 중에도 영사기에 대한 애착이 커 1963년 개관부터 사용했던 장비 대부분을 창고에 보관해 두었다고 한다. 그의 살림집은 아카데미극장 2층 야외 테라스에서 출입할 수 있는 영사실과도 바로 연결되는 구조로 만들어져 있었다. 식모가 살았던 쪽방을 포함해 총 3개의 방이 있는 집이었다. 극장 직원들을 위한 식사도 바로 이 집에서 만들어 제공했다고 한다. 큰 가구나 일부 살림살이들이 아직 그대로 남아있어 더욱 실감 나기도 했다. 거실과 안방 사이 벽에는 전화기가 놓였던 자리인지 비상 연락망이 적혀있는 종이가 그대로 붙어있었다. 가족과 친지들의 전화번호, 병원, 건강원 등의 전화번호와 함께 정운학이 운영했던 극장 네 곳의 사무실과 영사실, 직원들의 연락처가 빼곡하게 적혀있었다. 분명 이 집안에서는 하루 종일 영화 소리가 들릴 수밖에 없었겠지. 어디 소리뿐일까, 영화와 영화를 보러 온 관객들이 뿜어내는 진동을 온종일 받아내야 했을 것이다. 자신의 집을 다른 곳도 아닌 자신의 직장이기도 했던 극장 위에 지어버린 사람. 사람들은 그게 아카데미극장이었단 점을 들어, 그가 원주에 세운 4개의 극장 중 개인적으로 가장 아꼈을 것이라 짐작하기도 했다. 이렇게 극장과 그에 딸린 살림집까지 그대로 보존된 아카데미극장은 굉장히 특별한 공간이었다. 1963년 개관 당시의 모습 거의 그대로 남아있으니 우리나라에서 극장의 원형을 간직한 건축물 중 가장 오래된 장소이기도 했다. 또 프로그램을 진행하며 아카데미극장의 보존과 활용을 애정 어린 눈으로 지키고 있는 활동가들의 모습도 인상적이었다. 손님맞이를 위해 극장 안의 먼지를 털고 깨끗이 단장한 시민들의 마음은 또 어떤가. 말로 하기 힘든 벅찬 마음을 안고 돌아왔다.

투어를 다녀온 뒤로는 계속해서 반가운 소식들이 들렸다. 원주 아카데미극장 보존추진

위원회가 발족하고, 시민 모금도 성공적으로 진행되었다. 원주시는 아카데미극장과 주변 토지의 매매협약 체결 후 매입까지 완료한 상태였다. 또 문화체육관광부의 유휴공간 문화재생사업에 선정되어 40억 원 규모의 국비를 지원받을 수도 있게 됐다. 그런데 2022년 지방선거 이후 원주 시정이 민선 8기로 접어들며 흉흉한 소식들이 들려왔다. 안전상의 문제와 시민 공감 부족을 이유로 극장 건물을 철거하고 주차장으로 만든다는 계획이 갑작스럽게 발표된 것이다. '아카데미의 친구들' 활동가들을 비롯해 많은 시민과 영화인들이 절차상의 문제를 짚으며 대화를 요구했지만 돌아오는 답은 매번 같았다. 그리고 2023년 10월 원주시는 결국 아카데미극장을 무너뜨렸다. 분노한 많은 이들이 극장 앞을 지키며 항의 집회를 이어갔지만 중장비를 동원해 극장을 부숴버렸다. 원주뿐 아니라 현재 우리나라에서 극장의 원형을 간직했던 가장 오래된 건물이 순식간에 무너져 내렸다. 극장 내부가 헤집어진 채로 찍힌 기사와 SNS 사진들을 보며 마음이 무너져 내리는 것 같았다. 개인의 재산이자 소유물인 건축물을 역사적 가치를 들어 보존하는 건 말처럼 쉬운 일은 아닐 것이다. 원주 아카데미극장은 소유주와 지자체, 시민들 간의 오랜 협의를 거쳐 어렵게 매입까지 완료한 공공자산이었다. 과거의 극장을 넘어 미래 세대들도 누릴 수 있었던 우리 모두의 자산이 너무도 허망하게 무너져 내렸다. 부동산과 개발이라는 반복되는 이해관계 속에 이제는 지키고 싶어도 지킬 수 있는 것들이 많이 남아있지 않다.

원주 아카데미극장의 보존 노력과 강제 철거 과정은 김귀민, 이미현, 최은지 감독에 의해 영화로도 만들어졌다. 2024년 전주국제영화제에서 처음 공개된 다큐멘터리의 제목은 <무너지지 않는다>이다. 제목 앞에 생략됐을 극장을 지키고자 노력한 수많은 이들의 애정과 곧은 의지에 존경과 지지의 마음을 보낸다. 알파, 브라보, 시네마 로드!

ⒸinemaⒶndⓉheater

Ⓒ 〈무너지지 않는다〉(2024)

Ⓣ 원주 아카데미극장
1963년 개관~2006년 폐관 *보존 논의중 2023년 강제철거

서 있는 사람들

임철민 감독의 <야광>은 2018년 옛 서울역 수하물보관소에서 열린 프로젝션 플랫폼 상영회를 통해 본 이후로 늘 마음에 품고 아끼는 작품이다. 과거 게이 크루징이 이뤄졌던 장소들을 다양한 방식으로 기록한 작품인데, 그 장소에는 공원과 공중화장실, 그리고 극장들이 있었다.

영화는 꽤나 긴 암전 상태로 필름이 돌아가는 소리를 연상케 하는 빗물 장치의 소음과 함께 극장 안의 어둠을 새삼 각인시키며 시작한다. 영화 속 극장의 모습들은 대부분 알아볼 수 없는 채로 변해있거나, 극장의 형태가 남아있더라도 그 공간과 그 안에서 행해졌던 일들을 카메라와 등장인물은 속속들이 재연할 마음은 없다. 깜깜한 어둠 속에서 야광처럼 번쩍, 서로를 알아채야만 했던 남자들. 그 장소 중 하나가 극장이었다는 사실이, 아니 과거엔 거의 유일한 장소였다는 사실이 늘 의아하면서도 궁금했었다.

게이 크루징이 이뤄진 극장의 등장은 해방 이후 1950년대로 알려져 있다. 동화백화점(현 신세계백화점 본점) 내에 있던 동영극장을 중심으로 1960년대엔 명동극장까지, 미군을 포함한 외국인들의 왕래가 잦았던 명동 주변에서 그 역사가 시작되었다. 1970년대~1990년대에는 지역을 조금 더 넓혀가 시인 기형도의 죽음으로도 잘 알려진 종로3가 파고다극장, 충무로 극동극장, 신당동 성동극장, 청계천 바다극장 등이 게이들의 크루징 장소로 공유되었다. 물론 어둠 속에서 영화를 불빛 삼아 서로의 존재를 눈치채야 했던 사람들의 이야기이기 때문에, 해당되지 않는 관객에게 이 극장들은 그저 그런 동시상영관이나, 늘 사람이 얼마 없던, 그 얼마 없던 사람들은 웬일인지 자리에 앉지 않고 서 있기 바빴던 극장으로 기억되기도 할 것이다. 실제로 2000년 폐관 후 고시원과 유흥주점, 당구장 등의 시설로 운영되고 있는 파고다극장 터 근처에는 1990년대까지 '서 있는 사람들'이란 의미심장한 이름의 술집도 있었다고 한다.

<야광>을 본 후 얼마 뒤. 수원성을 걸으러 간 날이었다. 수원역 인근에 단관 극장이 하나 남아있었다. 1988년 전국을 떠들썩하게 했던

UIP 첫 직배 영화 <위험한 정사>의 수원 개봉관이기도 했던 이곳은 세월이 흘러 성인영화관으로 변해있었다. 속옷 차림의 여성들이 등장하는 에로영화 포스터가 입구와 계단을 덮고 있었다. 6천 원의 입장료를 내고 극장 안으로 들어갔다. 로비에서는 라면과 과자 같은 주전부리를 함께 팔았는데, 라면은 컵라면, 냄비라면, 떡라면 3종류였고, 그래서인지 떡국을 팔고 있었던 게 기억에 남는다. 상영관으로 들어가면 레자 좌석이 깔려있고, 좌석 너머 스크린에서는 20년도 더 전에 만들어진 것 같은 오래된 성인영화가 동영상 플레이어로 재생되고 있었다. 서 있는 남자들이 많았다. 주로 중년의 남성들이었는데 좌석에 앉더라도 금방 또 다른 좌석으로 옮기거나 하는 일이 잦았다. 좌석 옆쪽으로는 창고 같은 어두운 공간이 있었다. 안쪽에서 까만 눈동자들이 점점이 떠 있었다. 30분 정도 극장을 둘러보고 나가는 길이었다. 카운터에 있던 주인은 "왜 더 놀다 가지 않느냐"고 물었다. 문을 나서는 길에 놓인 간판엔 "따뜻하고 편안한 공간, 만남이 있는 공간, 늘 가족처럼 모시겠습니다" 친절한 인사말 이 적혀있었다.

얼마 뒤 대전에서도 한 극장을 찾을 수 있었다. 수원의 극장보다 훨씬 규모가 큰 극장이었다. 1959년 거의 600석이 되는 규모로 문을 연, 대전에서는 나름 손꼽히는 개봉관 중 하나였는데, 건물의 대부분은 다른 시설에 세를 주고 한 층을 남겨 성인영화관으로 운영 중이었다. 수원의 극장보다 더 많은 남자들이 있었고 내부 구조는 훨씬 복잡했다. 상영관 양옆으로 어두운 통로가 뱀처럼 이어져 있었다. 극장의 어둠은 자신을 감추기에 더 유리할까, 자신의 욕망을 드러내는 데 더 유리할까. 그런 생각을 하다가 수원과 대전 두 곳의 극장 모두 밖에 내붙인 포스터와 간판에서 과도하게 여성의 노출을 강조하고 있었단 사실을 깨달았다. 적어도 이곳에서는 아직 감추는 쪽이 암묵적인 룰 같았다. 수원과 대전의 두 극장은 그 후로 얼마 뒤 모두 문을 닫았지만, 부산과 대구, 마산 등지에는 아직 이러한 극장들이 더러 남아있는 것으로 알려져 있다.

<야광>에서 극장의 형태로 남아 등장하는 곳은 청계천의 바다극장이다. 2010년 폐관해 더 이상 운영은 하지 않지만 시설을 철거하지 않아 카메라에 담길 수 있었다. 게이들이 떠난 텅 빈 바다극장을 새롭게 점유하고 있는 것은 비둘기 떼였다. 비둘기의 기묘한 울음소리가 바다극장의 모습 위로, 그것을 다시 영사하는 스크린 위로 울려 퍼졌다. 2022년엔 홍민키 감독의 <낙원> 상영회를 위해 특별히 문을 연 바다극장 안으로 직접 들어가 볼 수 있는 기회가 있었다. 한때 서 있는 남자들이, 또 한때는 비둘기들이 점령했던 낡은 극장 안에 영화를 보러 온 사람들로 가득 찬 모습이 신기했다. 바다극장에 더 이상 그 남자들은 없지만, 로비에는 "공안상, 풍속상, 공중 위생상 해를 끼칠 우려가 있는 행위를 하여서는 안 된다"는 관람자 준수사항 액자가 표창처럼 걸려있고, 화장실 벽에는 그 시절 암호 같은 신호들이 빼곡하게 새겨져 있었다. 임철민 감독은 <야광>의 마지막에서 바다극장을 비롯한 크루징 장소들의 소리 위로 게이 데이팅 앱의 알림

소리를 삽입시킨다. 기억에서 지워지거나, 철거된 장소들과 함께 현재 가상의 만남 공간과 신호를 붙여 넣는다. 하지만 여전히 어떤 이들은 깜깜한 어둠 속에서만 손을 더듬어 서로를 알아챈다. 그곳이 극장이었다는 사실이, 여전히 극장이기도 한 사실이 나는 아직도 신비롭고 궁금하다.

Ⓒinema Ⓐnd Ⓣheater

Ⓒ 〈야광〉(2018)

Ⓣ 바다극장
1969년 개관~2010년 폐관

군산 산책

글을 쓰는 건 왜 이렇게 괴로운 걸까? 왜 이렇게까지 해로운 걸까? 신호는 가장 먼저 몸으로부터 온다. 목부터 어깨까지 바짝 굳기 시작한 건 한 달 전이고, 언제부턴가는 잇몸 안이 퉁퉁 붓고 헐어서 영 입맛도 없다. 약속이나 외출을 차단한 지 두 달째가 되어가지만, 시간과 괴로움의 크기가 글쓰기를 해결해 주지는 않았다. 몸과 마음이 산산조각 난 채로 매일매일 되풀이되는 악몽 속에 덩그러니 방치된 기분이다. 평소 별로 문제가 없던 잠도 글을 쓰기 시작하면서 뒤죽박죽 세계 일주가 되어버렸다. 어제는 밤을 새우고 런던, 오늘은 다시 로스앤젤레스 시간대로, 세계 이곳저곳의 시차를 넘나들며 하루를 온통 시간에 적응하는 데만 쏟는 날도 많았다. 밤을 새웠다가 자괴감에 하루를 통째로 날렸다가 힘을 냈다가 저주했다가 그래도 언젠가 끝은 나겠지 타일러 보면서 다시 밤을 새우고 있는 것이다.

나는 영화만큼이나 잡지를 좋아했었다. 잡지 기자가 되고 싶어서 몇 번인가 도전도 했었다. 무가지로 배포하는 스트리트 매거진을 몇 권 만들었고, 영국의 패션 잡지 『데이즈드 앤 컨퓨즈드』가 한국에 처음 창간했을 때도 1년 정도 프리랜서 기자로 참여했다. 기대와 애정만큼 흥미진진한 일이었지만 결국 그때도 마감의 압박과 공포를 이기지 못하고 포기해 버렸다. 요령이 생기긴커녕 짧은 단신 기사 작성에도 매일 밤을 새우면서 스스로를 몰아붙이기만 했다. 더 하다가는 내 인생이 포기 당할 것 같아 쓰는 일을 포기했다. 그래도 다행이라면, 이번엔 한 가지 터득한 요령이 있다. 바로 공공도서관의 공용 PC다. 차로는 5분이면 갈 수 있지만, 일부러 20분 정도 걸어서 도서관에 간다. 천천히 길을 따라 걷다 보면 영영 풀리지 않던 문장이 갑자기 산뜻하게 정돈되기도 했다. 내가 사는 지역의 공공도서관 공용 PC는 회원 1인당 하루 4시간의 사용 시간이 주어진다. 로그인을 하면 모니터 상단에 카운트다운처럼 시간이 줄어드는 막대 시계가 생성된다. 3시간 37분 06초, 05초, 04초…. 4시간이 지나면 단 1초의 보너스도 없이 화면이 닫혀

버린다. 불구덩이의 마감 지옥 열차 위에 올라탄 이상 이제는 어디에도 낭비할 시간이 없다. 괜히 핸드폰을 꺼내 보거나 담배를 피우러 갈 시간도 없다. 오로지 모니터 화면에서 정직하게 줄어드는 시간만을 신경 쓰며 닥치는 대로 쏟아낸다. 정리는 이따가 밤에 아마도 몹시 괴롭고 고통스러울 또 다른 내가 대신할 것이다. 매일이 마음먹은 것처럼 술술 풀린 건 아니지만 도서관 공용 PC의 4시간은 확실히 많은 도움이 되었다. 갑자기 참고해야 할 책이 생각나면 바로 서가에서 검색해 펼쳐볼 수도 있고, 공무원 시험을 준비하거나 책에 빠져있거나 각자 무언가에 몰두하고 있는 도서관의 사람들을 보며 묵묵히 힘을 내보기도 했다. 물론 그럼에도 뭘 믿고! 무슨 용기로! 덥석 쓰겠다고 했는지, 스스로를 저주하는 밤은 기어코 찾아오고야 만다. 그런 밤에는 영화 <암전>을 본다.

2019년 개봉한 김진원 감독의 공포영화 <암전>은 말하자면 쓰다가 미쳐버린 사람의 이야기다. 8년째 공포영화 시나리오를 쓰고 있는 영화감독 미정(서예지)이 있다. 자그마치 8년이다. 그러다 미정은 지나치게 잔인한 장면으로 인해 상영이 금지된 단편영화에 대한 이야기를 듣고 호기심을 갖게 된다. 미정은 점점 홀린 듯이 몇 년 전 폐극장에서 촬영됐다는 그 영화를 찾는 일에 더욱 집착한다. 영화를 찾기만 하면 거기에 풀리지 않는 시나리오의 답이 있을 것만 같아, 집착은 광기로 변해간다. 사실 이 영화에서 가장 무서운 건 오싹한 폐극장의 모습이나 귀신이 아니라 바로 점점 미쳐가는 미정 자신이다. (그리고 그런 미정을 보면서 정신을 붙잡으려고 각성하는 내 자신이다) 글쓰기를 포함한 창작 노동의 고통과 공포를 대변하는 듯한 영화의 주요 배경으로 등장하는 폐극장은 군산에 있는 국도극장이다. <암전>에 많은 영향을 준 것으로 짐작되는 존 카펜터의 <마스터즈 오브 호러-담배 자국>과 <매드니스>를 비롯해, <그렘린>, <스크림 2> 같은 유명한 공포영화들에서도 극장은 단골로 등장하는 장소다. 1985년 다리오 아르젠토가 제작한 <데몬스>처럼 극장 안을 거의 벗어나지 않는 공포영화들도 있었다.

군산 산책은 근대 건축물 답사 위주로 코스를 짰다. 우선 일제강점기 조선은행 군산지점으로 지어진 군산 근대건축관에서 도시 건축물들의 개요를 살필 수 있었다. 1922년 완공된 조선은행 군산지점은 해방 후에는 한일은행이 사용했던 건물이기도 하다. 이후 1980년대에는 개인이 건물을 매입해 예식장으로 쓰이다가 졸지에 나이트클럽으로 변경되었다. 1990년대에는 다시 노래방으로 쓰였던 건물은 화재 사고 이후 방치되었는데, 2008년 등록문화재로 지정된 후 복원 과정을 거쳐 2013년에 군산 근대건축관으로 문을 열었다. 군산의 근대 건축을 상징하는 건물이기도 하지만, 건축물로서의 운명도 꽤나 기구했던 팔자가 결국 건축 전시관의 쓰임이 된 스토리가 흥미로웠다. 건물은 2층의 기능이 거의 없는데도 천장을 높게 올려 한껏 과시한 게 특징이었는데, 이미 태어날 때부터 예식장과 나이트클럽이 될 관상이었던 셈이다.

건축관에서 나와 옛 군산세관과 근대역

사박물관, 근대미술관을 차례로 둘러봤다. 조선 총독부의 영빈관부터 미군정청의 숙소를 거쳐 군산 최초의 호텔이 된 항도호텔 건물을 구경하고 초원사진관으로 갔다. 군산 신창동 골목에 있는 초원사진관은 원래는 차고였던 곳으로, <8월의 크리스마스> 촬영을 위해 임시로 제작한 세트장이었다. 촬영 후 바로 철거되었지만, 영화의 흥행으로 군산시에서 부지를 매입해 다시 재현한 공간이다. 영화의 촬영지로는 드물게 오랜 시간이 지난 지금까지도 많은 방문객들이 찾는 곳이기도 한데, 그래서 사진관 옆에 전시된 다림(심은하)의 티코에 붙여진 '주차질서' 글자가 메시지로서 계속 역할을 수행하고 있는 점이 재미있었다. <8월의 크리스마스>의 이한위, <봄날은 간다>의 신신애가 출연하는 등 허진호 감독 작품의 정서가 진하게 느껴지는 전지희 감독의 <국도극장>도 군산에서 촬영될 뻔했다. 시나리오 단계에서 군산의 국도극장을 모델로 작업했지만, 촬영에 들어가기 전 서울에서 더 멀리 떨어진 도시를 선택하면서 배경이 벌교로 변경되었다. 영화

속 극장의 외관은 벌교에 위치한 옛 벌교금융조합 건물에 간판을 올려 촬영했고, 극장 내부는 광주극장에서 촬영되었다. 영화의 제목만은 그대로 <국도극장>으로 남았다.

군산 개복동 골목에 덩그러니 남겨져 있는 국도극장은 <암전>을 생각하지 않더라도 외관부터 으스스한 기분이 들게 했다. 누군가 깜빡하고 길거리에 버리고 간 유람선 같기도 한데, 새하얗고 거대한 건물 위에 하필 녹색의 한자로 나라의 수도(국도 国都) 글자만 적혀있는 모습은 확실히 어딘가 낯선 구석이 있었다. 잠겨진 유리문 안쪽으로는 휑한 극장의 로비가 훤히 보였다. 상영관 안은 <암전>에서 보았던 바로 그 모습일 것이다. 국도극장의 역사는 일제강점기 희소관으로 거슬러 올라간다. 1921년 영화 전용 극장으로 개관한 희소관은 해방 이후 남도극장으로 간판을 바꿔 달았다가 1967년 박주일이 인수한 후 건물 증개축을 거쳐 1971년 국도극장으로 다시 문을 열었다. 박주일은 어린 시절 군산 일대의 극장가에서 잔심부름꾼으로 활약했는데, 낮에는 거리를 돌며 포스터를 붙이고, 저녁 무렵 상영관 안에서 껌이나 과자를 팔다가 극장 의자에서 잠을 자는 생활을 했다고 한다. 그런 그가 서른 살이 되던 1967년에 군산의 극장들을 모두 거머쥐었다. 그는 국도극장 외에도 전북 지역 최초의 극장으로 알려진 군산극장을 함께 인수했다. 국도극장에서 그리 멀지 않은 곳에 위치해있던 군산극장은 1910년대 초 개관한 군산좌를 그 전신으로 보는 의견이 많다. 군산좌는 변사가 진행하는 활동사진 상영과 함께 국극, 창극이 공연되는 다목적 극장이었다. 이후 1926년경 현재 자리에 새로 건물을 짓고 1930년경 군산극장의 간판을 달았다. 박주일은 1967년 군산극장을 인수하고 1996년 복합상영관 증개축 공사 이후에는 우일시네마로 이름을 바꿔 2007년까지 운영했다. 서로 그리 멀지 않은 위치에 남겨진 국도극장과 우일시네마는 폐관 후 2007년에 모두 경매로 넘어갔지만 이후 현재까지 이렇다 할 소식이나 변화는 없다. 건물도 아직 폐관한 모습 그대로 남아있다. 국도극장은 1921년부터 같은 자리에서 영화 전용 극장으로의 운명을 지킨 장소다. 우일시네마 역시 1996년 증개축 공사가 있긴 했지만 공사 당시 1930년경 완공된 군산극장의 기본 골격은 크게 손대지 않은 것으로 알려져 있다.

폐관 후 거의 20여 년의 시간 동안 방치되어 있는 이 극장들은 무엇이 될 수 있을까? 무엇으로 보존할 수 있을까? 물론 극장으로 쓰였던 건물이니 역시 극장으로 재생하는 방법이 가장 좋을 거라고 생각한다. 군산 지역에서 촬영된 영화들 혹은 단관 극장에 관한 박물관으로 활용하는 방법도 있을 것이다. 2022년 12월 서울 경동시장 안에 문을 연 스타벅스 경동1960점의 사례도 있다. 1994년 폐관 이후 방치되어 있던 경동극장 내부를 카페로 리모델링한 이 점포는 2층 단관 극장의 구조를 그대로 살려 경사진 관객석 자리에 테이블을 놓고, 스크린이 위치해있던 앞쪽에 커피 바를 설치했다. 오픈과 함께 SNS를 통해 크게 화제가 된 이곳은 1년의 시간이 훌쩍 지난 지금까지도 자리 구하기가 좀처럼 쉽지 않은데, 젊은 세대와 해외여행객들의 방문으로 경동시장 전체에 긍정적인 효과를 가져오고 있다고 한다. 오래된 단관 극장의 구조가 현재에 이르러 새로운 공간으로 인식된 사례다. 또 1982년 서울 영등포로터리 인근에 개관한 명화극장의 변신도 눈여겨 볼만하다. 1990년대까지 홍콩영화의 성지로 손꼽히던 극장은 멀티플렉스의 공세 속에 '명화나이트'로 운명을 바꾸고 서울을 대표하는 성인 나이트클럽으로 운영되었다. 약 20년의 주기로 각각 극장과 성인 나이트로 서울의 밤을 주름잡았던 '명화'는 팬데믹 앞에서 결국 쓰러지고 말았다. 2020년 폐업 후 방치되었던 건물은 2023년 11월 노엘 갤러거의 내한 공연을 시작으로 '명화라이브홀'이라는 2,000여석 규모의 공연장으로 다시 태어났다. 당시 내한 공연 당일 공연장 앞엔 '명화나이트가 새롭게 태어났습니다'를 비롯해 나이트클럽 포스터에서 따온 문구와 디자인으로 제작된 팬 포스터가 붙기도 했다.

하지만 극장은 역시 극장으로라고 생각하는 나는 국도극장에서 열리는 재개관 기념 공포영화제를 머릿속에 그려본다. 딱히 크게 손보지 않은 으스스한 분위기 속에 <암전>을 보러 온, 무언가 쓰다가 미쳐버린 관객들이 가득 찬다. 워드나 한글 아이콘으로 분장한 귀신도 몇 명 돌아다녀도 좋을 것이다. 잠깐, 이거 아닌가? 아무래도 아직은 카페의 시대일까? 왜 이렇게 자꾸 조바심이 나는가 하면 나는 지금 미치기 일보 직전이고 그와는 별개로 아주 오래된 극장 두 곳이 아직 군산에 그대로 남아있기 때문이다.

Ⓒinema Ⓐnd Ⓣheater

Ⓒ 〈암전〉(2019년 8월 15일 개봉)

Ⓣ 군산 국도극장

1921년 개관(희소관)~해방 이후 개명(남도극장)~1971년 개명
(국도극장)~2005년 폐관

Ⓣ 군산극장

1930년경 개관~1996년 개명(우일시네마)~2007년 폐관

2035년에도 만나

광주에 처음 가본 건 2002년이었다. 광주국제영상축제란 이름으로 시작했던 행사를 광주국제영화제로 바꾸고 치러진 첫해였다. 나는 자랑스런 『보그걸』의 독자 기자로 생전 처음 영화제 아이디 카드를 발급받아 무척 신이 난 상태였다. 무슨 용기였는지 열심히 보던 패션 잡지 『보그걸』에 메일을 보내 영화제를 직접 취재해 보고 싶다고 제안했다. 열혈 독자의 눈에 『보그걸』에선 영화제 취재 기사를 거의 찾아볼 수 없었기 때문이었다. 다행히 내가 보낸 샘플 원고를 마음에 들어 한 데스크는 제안을 수락했고, 그해 광주와 부산국제영화제의 아이디 카드 발급과 원고료를 지급해 주기로 약속했다.

그해 광주국제영화제에서는 프랑스 범죄영화 특별전이 열렸다. 1999년 광주 최초의 복합상영관으로 문을 연 엔터시네마에서 클로드 샤브롤의 <의식>을 보고, 광주극장에선 장 피에르 멜빌의 <사무라이>를 보았다. 알랭 드롱의 멜랑콜리하고 허무한 킬러도 물론 멋졌지만, 자랑스런 『보그걸』 독자의 눈엔 상드린 보네르와 이

자벨 위페르가 침착하게 폭주하는 <의식> 쪽이 훨씬 마음에 들었다. 기자의 취재가 무엇인지도 잘 알지 못했던 나는 막연하게 최선을 다하려고 노력했다. <조지 워싱턴>으로 광주를 찾은 데이빗 고든 그린 감독과는 상영 후 GV에서 질문을 주고받다가 함께 찜닭을 먹으러 가기도 했는데, 졸지에 그의 호텔 방까지 쫓아가서 차기작이었던 <올 더 리얼 걸스>의 시나리오를 구경하기도 했다. 첫 작품 <늪>으로 광주를 찾았던 루크레시아 마르텔 감독에겐 "두유 노 『보그』? 아임 어 『보그 걸』!"을 시전하며 들고 갔던 소형 디지털카메라를 발랄하게 흔들며 사진 기자로까지 활약했다. 그해 광주에선 엔터시네마와 광주극장 외에도 무등극장(일제강점기 광남관, 제국관을 거쳐 해방 이후 공화극장, 동방극장으로 운영되었다. 1970년대 무렵 무등극장으로 변경, 2000년엔 총 13개 관의 복합상영관을 신축하고 2012년까지 운영되었다), 씨네시티 등이 영화제의 공식 상영관으로 사용되었다. 그때 광주극장에 대한 특별한 기억은 없었다. 규모가 무척 큰 편이긴 했지만, 그런 단관 극장들은 아직 서울에도, 인천에도, 춘천에도 남아있을 때였으니까. 이곳에도 당연히 있어야 하고 앞으로도 있을 거라고 생각한 극장이었다.

그 뒤로는 영화 일을 하면서도 이상하게 광주극장과 연이 없었다. 극장 운영과 함께 한국 독립영화를 배급하는 업무까지 하게 되며 지역 극장의 GV 행사에 참석해야 하는 경우도 많았는데, 아쉽게도 광주극장만은 계속 일정이 맞지 않았다. 당연하다고 생각했던 그곳은 시간이 흐를수록 전국에서 거의 유일무이한 극장으로 남게 되었고, 광주극장에 다녀온 배급작의 감독이나 배우들은 한결같이 그곳이 너무나도 아름답고 좋았다며 입을 모았다.

광주극장에 다시 가보게 된 건 『보그걸』의 그날로부터 약 20여 년이 흐른 뒤였다. 몸담고 있던 사업부의 철수로 운영하던 극장의 운명과 나의 밥줄과 여러 가지 문제들이 복잡하게 엉켜 있을 때였다. 그때 마침 광주극장에서 개관 85주년 기념 영화제를 개최하면서 차이밍량의 <안

녕, 용문객잔>을 상영한다고 했다. 언젠가 광주 극장에 가게 된다면 거기서 꼭 보고 싶은 영화는 늘 <안녕, 용문객잔>이었다. 여러모로 뒤숭숭한 처지에 내일이면 문을 닫는 극장의 마지막 시간을 담은 영화를 보러 가는 상황이 조금 멋쩍긴 했지만, 나는 언제 또 기회가 올지 모른다는 조급한 마음에 광주로 내려갔다.

그렇게 도착한 광주극장은 모든 곳이 구석구석 온통 소중했다. 손으로 직접 그린 그림 간판을 보존하려는 노력이 외관을 밝혀주고, 극장의 로비는 단정하고 따뜻했다. 아키 카우리스마키 작품들의 포스터가 작은 액자에 담겨 한데 걸려있고, 그걸 마주 보는 상영관 입구에는 아키 카우리스마키 영화에 자주 출연한 배우 카티 오우티넨의 초상화가 걸려있었다. 반질반질하게 닳은 나무의 질감과 극장 냄새, 실로 오랜만에 느껴보는 기분이었다. 복도와 2층 공간에선 광주극장의 역사를 차분하게 살펴볼 수 있었다. 사진 자료들과 시대별 영화 티켓, 구식 영사기와 예전에 사용한 객석 의자, 매표 도장, 영화가 크게 흥행하면 직원들과 관객들에게 소액의 지폐를 담아 기쁨을 나눴다는 만축 봉투까지 극장이 지나온 시간들이 잘 정리되어 있었다.

<안녕, 용문객잔>은 극장에서만도 이미 몇 번이나 본 영화였다. 오늘을 끝으로 문을 닫는 복화극장 안으로 사람들이 하나둘 모여든다. 영사기사와 매표원, 폐관 전 마지막 상영작인 <용문객잔>(1967)의 주연배우, 남자를 찾으러 온 서 있는 남자들도 있다. 영화를 보다가 가만히 광주극장 안을 응시해 본다. 복화극장만큼이나 거대하고 오래된 극장 안에 띄엄띄엄 앉은 사람들이 <안녕, 용문객잔>을 보고 있다. 나는 처음으로 이 영화가 쓸쓸하지 않았다. 마침 스크린 속에선 비까지 주룩주룩 내리는데도 쓸쓸하긴커녕 편안하고 노곤한 기분까지 들었다. 무언가 사라졌고, 사라질 거고, 결국 또 어쩔 수 없이 사라진대도 '광주극장이 지금 여기에 있다'는 고요한 환호성이 들리는 것 같았다.

1935년 충장로5가에 문을 연 광주극장은 조선인이 호남 지역에 세운 최초의 극장이었다.

조선인이 세운 극장인 까닭에 우리나라 최초의 발성 영화로 알려진 <춘향전>(1935)도 광주극장에서 개봉될 수 있었다. 설립 초기엔 영화 상영 외에도 악극단, 창극단 등의 공연이 자주 열렸다. 1938년엔 판소리 명창 김석구의 독창회를 개최했고, 1943년엔 무용가 최승희의 공연을 올리기도 했다. 그러다 1968년 1월에 큰 화재가 발생해 극장이 전소되는 사고가 있었다. 이후 재건축을 통해 그해 10월 다시 문을 연 게 현재의 광주극장 건물이다. 2023년 원주 아카데미극장(1963년 건축)의 철거로 현재까지 남은 가장 오래된 극장 건물의 원형이기도 하다. 1970년대~1990년대까지 무등극장, 제일극장, 아카데미극장 등과 더불어 충장로의 대표적인 개봉관으로 광주 시민들과 역사를 함께 했다. 이후 광주에도 멀티플렉스가 입점하는 변화 속에 몇몇 극장들은 폐관하거나 복합상영관으로의 변신을 꾀했지만 광주극장은 다른 길을 걸었다. 총 856석(이는 현재 국내에서 운영 중인 영화 상영관 시설 중 최대 규모의 좌석 수다. 다목적 공연장의 형태인 부산

영화의전당 하늘연극장의 좌석수는 841석, CGV 용산아이파크몰 아이맥스 관의 좌석 수는 624석이다)의 단관 극장 시설을 그대로 유지한 채 2002년부터 예술영화전용관으로 성격을 바꾸고 현재까지 관객들과 만나고 있다.

광주극장에서는 상영 시간이 되면 극장 전체에 타종 소리를 울리며 영화의 시작을 알린다. 일제강점기부터 현장 검열을 위해 극장 내부에 설치했던 임검석도 그대로 보존되어 있다. 자율 좌석제로 1, 2층 좌석 중 아무 곳에나 앉을 수 있지만 추운 겨울에는 2층 좌석만 운영하는 경우도 있다. 나는 <안녕, 용문객잔>을 광주극장에서 보면서 장소가 주는 영화의 다른 질감을 다시 한번 절절하게 느꼈다. 그래서 그날 이후 단지 광주극장에서 영화를 보고 싶다는 이유로 몇 번이나 광주로 갔다. 2023년 여름엔 내가 가장 사랑하는 자크 타티의 회고전이 열려서 휴가차 며칠 동안 지내면서 영화를 보았다. 내가 좋아하는 영화를 이 극장에서 꼭 다시 보고 싶다는 마음이 드는 곳인 거다. 너무 봤던 영화들만 보러 가나 싶어 얼마 전 봄엔 개봉작 <바튼 아카데미>를 봤는데 광주극장과 아주 잘 어울리는 작품이었다. 아키 카우리스마키의 <사랑은 낙엽을 타고>가 개봉했을 때 광주극장에서 보지 못한 건 지금까지도 두고두고 아쉬울 지경이다. 그렇게 종종 드나들면서 느낀 건, 이곳이 절대 과거에만 머물러 있는 장소가 아니란 점이다. 과거의 유산과 현재의 영화들(그리고 현재의 목소리들), 그리고 관객을 잇는 진심이 깊이 느껴지는 극장이었다. 예전 단관 극장의 스크린 옆 양쪽 벽에는 개봉예정작의 홍보나 인근 업소들이 사용한 광고 간판이 부착되어 있었다. 광주극장에도 광고 간판이 설치되어 있는데, 한쪽 벽에는 '다음 프로-기억 세월호', 맞은편 벽에는 '차주 프로-차별금지법' 글자가 새겨져 있다.

광주극장에 <안녕, 용문객잔>을 보러 간 날 도장을 100개나 찍어야 하는 적립 쿠폰을 매표소에서 받았다. 쿠폰의 유효기간은 2034년 12월 31일까지다. 100개의 도장을 찍으면 광주극장이 개관 100주년을 맞는 2035년에 사용할 수 있는 특별한 티켓을 준다고 적혀있다. 이 100개의 칸과 2034년의 유효기간은 광주극장이 변함없이 자리를 지키겠다는 관객을 향한 약속이다. 그리고 이미 100편의 영화를 보고 100개의 도장을 찍은 관객들이 여러 명 있다. 광주극장은 2022년부터 그들을 인터뷰로 기록하는 작업도 함께 진행하고 있다. '항상 영화를 보는 사람들에 관하여'라는 기획의 관객 인터뷰를 찬찬히 읽으면서, 영화를 보는 것, 극장에 가는 것, 그리고 그 모든 것을 사랑하는 마음들에 대해서 다시 한 번 뜨겁게 느낄 수 있었다. 인터뷰 후에는 100개의 도장을 찍은 관객이 직접 추천한 영화 한 편을 광주극장에서 함께 보는 상영회도 열리고 있다. 나는 극장이 할 수 있는 것 중 이보다 더 아름다운 일은 없을 거라고 생각한다. 오래된 극장에 관한 이 글을 다 쓰게 된다면 바로 광주에 가려고 한다. 그리고 나에게도 주어진 100개의 칸에 한 칸 한 칸 소중히 도장을 채워 나갈 것이다. 때로는 아주 오래전부터 좋아했던 영화일 것이고, 패기 넘치는 신인 감독의 미친 영화여도 좋을 것이다. 100개의 도장을 찍은 관객이 추천한 영화를 보러 갈 날도 기다려진다. 그리고 또 그렇게 살다 보면 2035년이 오기 전에 아키 카우리스마키의 신작이 짠하고 나오는 날도 있지 않겠나 이 말이다.

Ⓒinema Ⓐnd Ⓣheater

Ⓒ 〈안녕, 용문객잔 Good Bye, Dragon Inn〉(2003)

Ⓣ 광주극장

1935년 개관~상영 중

광주광역시 동구 충장로46번길 10

PLAIN ARCHIVE
Ⓒinema Ⓐnd Ⓣheater
BOOKS

오래전, 오래된 극장에서

초판 1쇄 발행 2024년 10월 2일

지은이 김신형
펴낸 곳 플레인아카이브
펴낸이 백준오
편집 임유청
교정 이보람
지원 장지선 이한솔

디자인 스튜디오 고민
일러스트 고주연
인쇄 세걸음

출판등록 2017년 3월 30일
제406-2017-000039호
주소 경기도 파주시 회동길 336-17, 302호
이메일 cs@plainarchive.com
15,000원
ISBN 979-11-90738-67-5